徳岡孝夫
Takao Tokuoka

お札まいり

清流出版

お礼まいり◎目次

お礼まいり

昔の音や人の声

時の流れの中で

装幀◎友成 修
装画◎森 英二郎
編集協力◎照井康夫

お礼まいり

ヴィシーの冷湯

タイで見た三島さんの横顔

パリの水道の水は美味いか？　それほど読んだわけではないが、日本のグルメはさかんにマキシム、トゥールダルジャンはじめパリの料亭の珍味佳肴《ちんみかこう》を礼賛するようである。だが水道の水の味について書いた文は、あまり見たことがない。水を無視して、よく味が書けるものだ。旅行案内書には、きっと「部屋に備えつけのミネラル・ウォーターを飲むようにしましょう」と書いてあるはずだと、これは私の推測である。パリの水は危険なものとされている。

私はパリで水道の蛇口に口をつけてガブガブ飲んだことがある。下痢を起こさなかっただけでなく、きわめて美味であった。

美味いはずである。酔い覚めの水だった。そのときの私は、凱旋門に近いモンテーニュ街に面した超高級ホテルの裏にある安宿の、それもエレベーターの届かない最上階、逗留客用の部屋に住んでいた。一泊朝食つきで二千円なにがしだから、一九七〇年代においてさえ安かった。三軒ほど安いホテルを回って部屋を見せてもらい、最も居心地よさそうで仕事にも便利な部屋に決めたのである。現在も営業しているが、私は誰にも教えない。

ある夜、泥酔に近い状態で帰り着いた。パリのあのワインがあの値段なら、誰でもここを先途と飲む。ちょうど仕事の一区切りついた日だったから、私は痛飲した。逗留客には門限がある。十一時だったと思う。とにかく階段を這うようにして登った。ベッドにもぐり込んで、ぐっすり眠った。そして真夜中に目が覚めた。

水、水、水……。朦朧《もうろう》たる酔眼を開いて部屋の中を見回した。ミネラル・ウォーターを備えつけてあるような宿ではない。スーパーで買っておいたエビアンの瓶は、きのうのうちに空になって、空気しか入っていない。トイレは外で共用だが、ビデはある。だが東洋の君子は渇してもビデの水を飲まない。最後に目の行ったのが小さい洗面所である。

部屋の一隅、白い陶器の洗面器の上に味も素っ気もない水道の栓がある。その上に小さい鏡と、これまた小さい棚。ガラスのコップには自分の歯ブラシが差してある。

これだ！　跳ね起きるなり栓を一杯にひねり、コップは面倒臭いから口をつけて飲んだ。ゴクゴクと腹いっぱい飲んだ。再びベッドに入って、再びぐっすり寝た。そして爽快な朝を迎えた。階下《した》の食堂に行くと、給仕女がいつものように「ボナペティ」と言いながらパンとコーヒーを置いた。

聞くところによると、パリの水道の水は区によって違うそうである。だいたいは飲用不適だが、中には飲める区もあるそうである。参考までにモンテーニュ街は第八区である。むろん第八区の水だとて、常に安全なわけではなかろう。安全かどうかは、かなりの程度、飲む側の健康状態に関係するんじゃないかと思う。いや、それよりも、こちら側に「さあ来い。いざ飲まん」という一種のファイトがあれば、そうそうあたりはしないのではないか。

永井荷風はパリを思うと、自分の寝た商売女を思い出した。靴下ばかりで肌着さえつけない白い裸身が、折からパッと燃え立った曖炉の火に赤く照らされる情景を追想した。そのときの荷風と同じように私も酔っていたが、思い出すのは蛇口をほとばしり出る水道の水である。何という経済的なパリ追慕だろう。

もう一つの記憶はパリと直接関係はないが、やはりフランスの水につながる。

エビアンとは別に、フランスにはヴィシー水というのがあって、やはり瓶で来る。ただし栓を抜くと泡が立つ。それもそのはずで、ナトリウム炭酸水素塩というのを含み、肝臓や胃腸病によいとされている。

中部フランス、パリから南へ、ちょうどパリとマルセイユの中間あたりにアリエ川というのが流れていて、そのほとりにヴィシーという小さな町がある。ヴィシー水はそこで取れる。いくつか鉱泉が湧いているが、最も熱いのは摂氏六十六度もある。日本なら川沿いに温泉旅館が並び弦歌のさざめきがし、酔った男が胴間声上げてカラオケ歌っているところだが、ヴィシーも昔は歓楽地だった。昔といってもシーザーが古代ローマの軍勢を率いてガリアすなわち今日のフランスを征服したころだから大昔である。

やがて禁欲的なキリスト教の影響濃い中世になって、ヴィシーの大浴場は忘れられた。だが薬効は依然としてある。そこで入浴のかわりに瓶に詰めて飲むようになった。それが今日に続くヴィシー水である。

標高二百数十メートル、清涼で風光明媚なうえ健康にもいいというので、この地を愛した有名人もいる。なかでも第二帝政の皇帝でナポレオン・ボナパルトの甥に当たるナポレオン三世は、よくヴィシーに遊んだ。

このヴィシーの町の住民のことを、男はヴィシソワ、女はヴィシソワズと呼ぶ。ここまで書けばおわかりだろう。あのヴィシソワズという冷たいスープ（シナ語では湯）の話である。夏の西洋料理で、よく冷えたヴィシソワズほど有難いものはない。私はあれを、腹を切る前の三島由紀夫さんから教わった。

そのころ私は新聞社の特派員としてバンコクに住んでいた。ベトナム戦争真っ盛りの血腥《なまぐさ》い時代である。戦争の兵站《へいたん》基地であるタイにはニュースらしいニュースがない。主な任務はサイゴン支局の応援取材だった。戦闘が激しくなるとベトナムに出かけていってドンパチを取材し、下火になると帰ってくる。そのときもカンボジアに行ってシアヌーク殿下にインタビューなどし、バンコクに帰ってきたところだった。

東京の本社から訓電が来た。作家の三島由紀夫氏が貴地に滞在中である。近くノーベル文学賞の発表があって彼が受けるかもしれない。ストックホルム発の外電に注意し、三島受賞が決まれば即刻インタビューできるよう準備を整えておかれたし云々。

私は直ちにエラワン・ホテルに電話した。いまでは正面にギリシャ風列柱を配した堂々たるビルだが、当時は外見ささやかなホテルだった。ささやかといってもタイ政府観光局直営、バンコクきってのホテルである。格式は高かった。三島さんが泊るならエラワン以外にないと見当をつけたのである。

果たして三島さんの名は宿泊客名簿の中にあった。部屋にはいないが、鍵がないからホテル内のどこかだろうという。私はすぐ出かけた。きっとステーキハウスだ。日本での三島さんは、外で誰かと夕食をとっても十一時には必ず帰宅して血のしたたるようなビフテキを食べ直し、それから朝まで原稿を書くのだと聞いたことがある。

彼とは面識があった。バンコク特派員になる前、週刊誌記者をしていたとき、自衛隊への体験入隊から帰ってきた夜の彼を、南馬込のあのロココ風の家へ取材に行った。三島さんは愛想よく私に最高級のブランデーを振舞い、自分も飲み、あげく上半身裸になって、あの隆々たる筋肉の上に訓練中についた青アザを見せてくれた。

やはりエラワン・ホテルのステーキハウスに、三島さんはいた。ビフテキを食べていた。食べながら明らかにアメリカ人の観光客とわかる男と熱心にしゃべっている。

前に回って身ぶりで注意をひくと私を認めて「やあ」と声をかけ椅子をすすめたが、アメリカ人との会話は止めない。日本はなぜ憲法を改正しなければならないか、なぜ国軍を持たねばならないかを、英語で熱心に説いているのである。

相手はおそらく写真か何かで見たことのある有名なミシマに気がついて、話しかけたのだろう。だが三島さんのほうは防衛問題を単なる座興に話すような人ではなかった。その生真面目さに半ば呆れ半ば感動しながら、私はウィスキーか何かを舐めつつ彼の食事の終わるのを待った。

それからの一週間は楽しい日々だった。三島さんはノーベル賞待ちの興奮に巻き込まれないためバンコクに避難しているだけであり、執筆中の小説『暁の寺』の取材を除けば別に用事があるわけではなかった。私はきっと「暇な三島由紀夫」を知る唯一のジャーナリストだろう。私も暇だったので一緒に映画に行ったり、一日じゅうホテルのプールサイドに寝そべって話したりした。彼は私のためにボディービル道場を探してくれた。「そんなところ行きたくないです」と言っても構わず探した。そして日本に帰る日「不潔なところばかりだ。勧められるジムはなかった」と言った。

某日、プレジデント・ホテルで昼食をとったときである。メニュを眺めて決めかねている私に、三島さんは言った。

「ヴィシソワズにしなさい。こういう熱帯でヴィシソワズは美味いよ。僕もそれにしよう」

私はヴィシソワズの何たるかを知らなかった。まもなくボーイが、例のシャーベット状の氷の上に載ったヴィシソワズを持ってきた。私は食べ方を知らない。三島さんは一さじすくって「ちょっとぬるいな。もっとキリリと冷えてるといいんだが」と、ボーイに向かって英語で言った。するとボーイは妙に挑戦的な態度で言い返した。

「では冷やし直して持って来ましょうか」

こう書くと丁寧だが、明らかに喧嘩を売るような物腰だった。三島さんはちょっと鼻白んだようで「いや、これでいい」と言った。若いボーイは、プイと向こうを向いて去っていった。

私は胸中、三島さんにもこういう一面があるんだなあと感じた。誰にも遠慮しない、こうと思ったら少しくらい常識外れのことも平気でする人と思っていたが、料理を突っ返すよりは食卓の平和な会話を選んだのである。もっと冷えたヴィシソワズがいいとボーイに文句をつけたが、それは実は初体験の私に「これはキリリと冷えているべきものだよ」と教えたのだった。ボーイはやや過剰に反応した。冷やし直させてもいいが、そうすれば食卓の空気が少し気まずくなるのである。三島さんは意外に常識的なところがあった。

ヴィシソワズの小事件から三年後、私は東京の元の週刊誌編集部に帰任していた。何かのことで三島邸へ取材に行った。よく晴れた夏の日だった。例のアポロ像のある庭で待っていると、三島さんは再び上半身裸で現われた。そしてフランス・ドアの戸口に立って、まるで役者がセリフを言うように朗々と言った。

「やあ徳岡さん、あなたとは、いつも太陽の下で会う」

私は何も気のきいた返事ができなかった。ただ立ち上がって御辞儀をした。

秋になった。三島さんから電話があって、バンコクで世話になった礼に銀座の浜作に招きたいという。世話どころか、プレジデント・ホテルの昼食も三島さんが払ったのである。だが、理由はともかく大作家の招待を断る法はない。

いまも悔いが残るが、たまたま編集会議だったとはいえ、その日の私は約束より四十分も遅れた。あの時間に正確な三島さんを待たせた。彼は二階の座敷にきちんとすわって待っていた。弟でポルトガル大使の平岡千之《ちゆき》氏（故人）が一緒だった。料理は忘れたが、三島さんは飲むほどに畳の上に寝転がり「自衛隊はもうダメだァ」と呻いた。なぜですかと聞くと「これぞと思う隊員を物陰に呼んで、ともに決起しようと誘っても、でも憲法がありますからと言うんだ」というのだった。それがなぜそんなに絶望的なことなのか、そのときの私には分からなかった。

そして十一月二十五日が来た。前の日「あす午前十一時に、あるところへ来ていただけますか」と電話を受けて承諾し、当日の朝ふたたび電話で自衛隊東部方面総監部に隣接する市ヶ谷会館に呼び出され、楯の会の隊員から三島さんの手紙と檄を受け取った。

あの演説を、私はバルコニーの上と下、数メートルを隔てて聞いた。そのときになってもなお、彼が切腹するとは思ってもみなかった。もう少し機転がきいていれば彼を救えたものをと、自分の鈍感さが恨めしい。

私にとって三島さんの記憶はヴィシソワズと結びついている。あの晴れ渡った市ヶ谷台の秋の日とも。

ヴィシーは最近、ほぼ半世紀ぶりに話題になった。さきの世界大戦でフランスはナチス・ドイツに降伏、ヒトラーの軍隊はパリに入った。だがドイツ軍の占領はパリを含む全フランスの約五分の三に及んだだけで、残りは第一次大戦の国民的英雄ペタン元帥が「フランス国」をつくってこれを治めた。そして政治機構をヴィシーに置いた。

ヴィシー政権は今日ではドイツの傀儡《かいらい》だとされているが、それまでの自由・平等・友愛に代えて労働・家族・祖国愛をモットーに掲げ、かなりの程度に実効ある政府だった。しかし現代のミッテラン大統領はフランス正統政府はロンドンに亡命した「自由フランス」だと言い、そこから当時フランスで行なわれたユダヤ人迫害をめぐる責任論争が起こったのである。ヴィシーの亡霊は、今日のフランスになお影を落としている。

蛇足を加えれば、ヴィシソワズはジャガイモ、玉ねぎ、ポロねぎ、鶏肉汁、クリームでつくったスープに、めねぎ、水せり、またはパセリを刻んで散らす。冷製だけでなく温製もある。ニューヨークのリッツ・カールトン・ホテルのコックが考案したものだという。

美食家の百歳

よほどの小説好きならいざ知らず、いまでは横光利一《よこみつりいち》を読む人はそういないだろう。だが、新鮮でモダンな一陣の風となって大正末期の文壇に登場したころの横光は、同志の川端康成よりも注目された作家だった。『日輪』や『蝿《はえ》』など印象的な作品を残している。

戦前の話だが、その横光が講演旅行に出たときのことである。同行は小島政二郎《まさじろう》さん夫妻だった。汽車に揺られる長い旅の間に、横光は小島みつ子夫人に向かって、こんなことを言った。

「小島君は肥《ふと》り過ぎたきらいがあるから、美食をさせず、住んでいるところの方二十里の間で出来る野菜を主にして、それをゴマの油でいためて食べさせるようになさい」

続いて調理法を詳しく教えたという。今日でいえば、ダイエットのすすめ、ビタミン

Cのすすめである。日本人が「栄養をつける」ことばかり考えて肉食に傾いていた時代に、横光はすでにダイエットの必要を感じていた。

そのとき、彼はついでに、お雑煮のつくり方も伝授した。

餅をそのままゴマ油でちょっと揚げ、それを雑煮汁の中で少し煮て食べる。やってみると少ししつこいが、酒を一滴も嗜まない小島さんの舌には「雑煮中第一の美味」と感じられた。うまいので毎日のように食べ横光に礼状を書くと、折り返し手紙が来た。

「餅の食べすぎはよくないから、ほどほどに」

これほど食べ物に気を遣っていた横光は早世し、いまや没後六十年を超す。逆に、うまい物なら毎日でも食べた小島さんは長生きし、平成六年に百歳で天寿を全うした。

芥川龍之介という文壇の鬼才が自殺したのは昭和二年七月二十四日。煮え返るような暑い日だったという。その芥川と小島さんは親しかった。連れ立って森鷗外の家を訪ねたこともある。そのとき鷗外は北条霞亭《かてい》の書簡を年代順に畳の上に並べて考えていたという有名なシーンの目撃者である。鷗外は関東大震災の前の年に死んだ。芥川の名を取った半年ごとの芥川賞は、すでに百四十回を数える。鷗外も芥川も遠い過去の人だが、後者より二つ若いだけの小島さんは私たちの時代に生き、私たちと同じ空気を呼吸し続けた。繰り返すが、満百歳である。

小島政二郎は明治二十七年一月、東京・下谷《したや》の呉服屋の子に生まれた。慶応の文学科に入り、学生時代から文学作品を発表し始めた。家が便利なところにあったので、芥川や菊池寛がしばしば出入りした。出世作は大正十二年の『一枚看板』である。

この短篇は、神田伯龍という中くらいの講釈師が、芸の上の絶望と女性遍歴の泥にまみれながら開眼し名人の域に達するという、いわゆる「芸道もの」の秀作である。新派の芝居になった川口松太郎の『鶴八鶴次郎』（第一回直木賞）なども傑作の一つで、花柳章太郎と水谷八重子が演じると終《しま》いのほうは涙で舞台が霞んで見えなくなるので有名だった。「芸道もの」は近代日本文学の中の確固たる一ジャンルといっていい。

もっと広く小島さんの名が世間に認められたのは、昭和七年の「東京朝日新聞」に連載された『海燕』で、これは私は読んでいない。文学事典によれば人妻との恋愛を扱った佳作で、文壇の話題になったそうである。

平安朝文学にも芭蕉にも遠く英文学にも造詣の深い小島さんが、もしそのまま純文学（芸術的な小説）を書き続けていたら、きっと誰からも大作家と仰がれ、出版ジャーナリズムからも新聞連載小説の名手として重宝されていたことだろう。だが実際の彼は、昭和十年ごろから大きく横道に逸《そ》れてしまう。その第一作が『主婦之友』連載の『人妻椿』だった。続いて『新妻鏡』を書いた。いずれも爆発的な評判を取った。

戦前のあのころ、中産階級の家庭は必ずといっていいほど二冊の雑誌を購読していた。夫の読む『キング』と妻の『主婦之友』である。だから私たちの世代は、たいてい母親のいない間に、『人妻椿』その他を子供なりに読んで育った。なにしろ子供、筋も文章の面白さも覚えていないが、女の人が悩んだり泣いたり思い切って（恋人に？）手紙を書いたりする場面は切れ切れに記憶に残っている。いわゆる満都子女の紅涙を絞った甘く切ないストーリーであったらしい。もちろん映画になった。

小島さんは、そういう種類の小説を書いて成功した。成功したかわり、純文学には戻れなくなってしまった。出版ジャーナリズムも、彼に通俗作家、大衆小説家というレッテルを貼った。もっと真面目な文学、人生や人間の心を深く考える小説を書きたいと切望したが、世間がそれを許してくれなかった。

その間の経緯を、小島さんは『眼中《がんちゅう》の人』に書いている。これは自伝小説とも回想的随筆ともいえるもので、眼中とは「なじみの深い」といったほどの意味らしい。とくに芥川と菊池寛は登場人物中の白眉で、いずれも生けるがごとく、作中で立って動いている。亡き人をこれほど活写し得るとはと、小島さんの筆にも非凡なものを感じる。

なかでも圧巻は、芥川と菊池と小島さんの三人が名古屋へ行ったときの話で、芥川にもらった睡眠薬を過《あやま》って呑みすぎた菊池が死にそうになる。女中に叩き起こされた残る二人の看病する様子と菊池の回復が書いてある。神経が刀の切ッ先のような芥川と無造作で無比の面倒がり屋だった菊池の対照、全く性格の異なる二人の間に通い合う友情を描いて、ただの回想文学の域を突き抜けている。

私の話はここで急に飛んで昭和、それも平成との境い目が近い「近い昔」の物語になる。数々の名作、力作を書いた小島さんがまだ存命であるとは、そのときの私は知らなかった。そういえば死亡記事を見た覚えがないなあ、くらいの関心しかなかった。お姿も二十年ほど前に当時勤務していた週刊誌の編集部で、御夫妻をチラッと拝見したきりだった。小島さんよりも、付き添っている若々しい視英子《みえこ》夫人の美しさが印象に残ったほのかな記憶があるだけであった。

それより少し前のことだった。我が家に近い駅前で、いきなり声をかけられた。

「おい、徳岡じゃないか」

不自由な眼をこらしてよく見ると、それは鶴屋八幡の今中祝雄《いまなかのりお》君だった。

「驚いたな。こんなところに、きみ用事があるのか」

「うん、そこの病院へ小島政二郎さんがずっと入院しておられるんだ。ときどき見舞いに来ている」

「あッそうか。きょうはちょっと……。こんど来るときは我が家に寄ってくれ」

そう言って別れた。

そのときの私は雑誌の〆切りが終わったばかりで、不精髭を生やし、手に原稿の入った封筒を持ち、学生さんを一人連れていた。毎月の原稿を書き上げると出版社からアルバイトの学生が取りに来、私は駅の改札口で落ち合い、学生にトンカツを御馳走し私はビールを一本飲んでから帰すことに決めていた。天下の菓子司の社長に呼び止められたのは、いまからトンカツ屋に行こうかというときだった。

脱線するが、私は食通、美食家になろうと思えばなれた理想的な条件に恵まれていた。大阪・船場は今橋にあった愛日小学校の出身で、同級生の多くは商家のぼんぼん、こいさんだが、なかでも料亭「つる家」の出崎《でさき》俊雄と「鶴屋八幡」の今中祝雄とは親しかったからである。

学校の正門を出て右を見れば日本生命本社、左を向けば住友銀行本店という土地柄だが、例によって都心の過疎化で、新入生は毎年数人しかいない。そのうえバブルのときには坪一億円の値がついたそうで、金に目のくらんだ大阪市役所によって母校は売りとばされて廃校になり、創立後百年を超す歴史は閉じた。校舎も取り壊されてしまった。

出崎は高津《こうづ》中学へ進んだが、今中とは北野中学でさらに五年間一緒だった。卒業後も交際を続けていれば、いまごろ私はいっぱしの食味評論家になっていたところである。だが、いかんせん貧乏な新聞記者には「つる家」の座敷に通る金がなく、日本一と聞く味は一度およばれで頂戴したきりだった。また「鶴屋八幡」も、お菓子の話を聞いただけでムシ歯のできるたちなので、鶏卵素麺を一度買っただけであった。

それにしても横浜郊外の住宅地の駅前で、思いもかけない子供のころの友に会い、小島さんの入院のことを聞こうとは思わなかった。小島さんといえば東京の下町ッ子という常識が強すぎたからだろう。だが、そうと聞けば思い出すことがある。

駅前で今中君に会うより七年前、私は脳腫瘍を病んで、その駅前の病院に入った。手術中の思わぬアクシデントで半盲の身となって退院したが、そのとき出版社の人がよく私を見舞いに来られるのを見た看護婦さんに「小島政二郎さんも入院してられるのよ」と教えてもらったことがある。自分の闘病にかまけて、すっかり忘れていた。病室も同じフロアだったのだ。

まだ「戦後」という言葉が誰の胸にも実感を持っていたころの話だが『あまカラ』という洒落た雑誌（月刊）が出始めた。小島さんはその創刊号から「食いしん坊」という随筆を寄せた。なにしろ親の代からの美食家で無類の健啖で、そのうえ、うまい味うまい店を震災以前に遡ってしっかり覚えている。筆は練達、登場する人物がまた凄い。

『婦系図《おんな》』のお蔦のモデルになった泉鏡花の夫人が、長火鉢で静かに番茶を焙《ほう》じる場面など、ページの間からお茶の芳香が立ち昇るかと思われる描写である。昭和二十九年に単行本になって出るやたちまちベストセラーになった。戦後食物誌の嚆矢《こうし》だろう。

その「食いしん坊」の冒頭に、小島さんは『あまカラ』創刊までの事情を書いている。昭和二十六年、アイデアを出したのは大阪の若い編集者二人だったが、資金がない。それを聞いて紙代と印刷代を援助したのが鶴屋八幡の先代・今中善治氏で、紙代印刷代といっても相当まとまった額だった。条件はただ一つ「小島先生がお書きになるなら」だったという。老舗《しにせ》は食通を知っていたのである。

「食いしん坊」の中で、小島さんは「鶴屋八幡」を「三都一のお菓子屋」と褒めている。こんどはじめてムシ歯の危険を冒《おか》して通読したが、羊羹について、生菓子について、小島さんは再三再四鶴屋八幡を書いている。ただし「文学の鬼」宇野浩二が毎月『あまカラ』の出るのを待ちかねて読んだというだけあって、決して安っぽい提灯持ちの褒め方ではない。

私は今中祝雄氏に電話して、小島さんの容態を尋ねた。

「ときどき肺炎にかかったりもされているようだが、よく分からないんだ。もうお齢《とし》だしね。僕は親爺の命令で最後まで御挨拶を欠かさないよう言われているので、ああやって行っている。出版社の人など見かけたことがないから、顔出しする者はもういないんだろう。だいたい耳がよく聞えないんだ。奥さんが大きな声で鶴屋八幡さん見えてますよと教えると、そうかという返事があるだけでね」

それで、小島さんは病院食を食ってるのか？

「いや、それが口に合わないらしい。二、三本残った前歯で鰻を食べ、肉なんかも食べておられるようだ。それを奥さんが全部、鎌倉の家から持って来られる。さぞ大変だろう。しかし感動するね、凄い生命力だ」

若いときから、うまいものを好きなだけ食べてきたゆえの生命力だろうか。百歳にして毎日欠かさず特別メニュとは——これが究極の美食家でなくて何であろう。

で、その奥さんというのは視英子さんのことか。

「そうだ」

最初の妻と娘に先立たれた小島さんの再婚相手である視英子さんは『続眼中の人』に小鴨ささという名で出てくる。古希を過ぎてからの、娘より若い女性との恋愛。しかもささは、老大家に向かって貴方の書くものはダメだ、小説ではなく随筆を書きなさいと文学上の指図までする……。芥川や菊池を書いた正編とは違って、この続編には老いた

いる。

芸術家の苦悩と、恋と二本縒《よ》りになったよ
り高い芸術への沸くような憧れがみなぎって

生命の灯が消える前に、一目でいい、これほどの作家に会っておきたい。私は「文芸手帖」を繰って、鎌倉のお宅へ電話してみた。二度、応答がなかった。三日目の午後八時ごろ、もう切ろうと思ったときに声が返ってきた。奥様ですか。はい。私は手短かに自己紹介し、見舞いに行かせてほしいと希望を述べた。

「どうか来ないで下さい。耳が聞えませんし、いまの姿を他人様《ひと》に見ていただきたくないのです。あの病院が出来たときから入っているので、もう十年になりましょう。鶴屋八幡さん？　あの方だけです、いまだに恩を忘れず来て下さるのは」

一代の美食家だった方です。お食事はどうなさっていますか？

「私が朝晩の食事を調《ととの》え、一日も欠かさず運んでおります。病院の個室で、二人きりの時間を過ごしています。本当に、いらっしゃらないで下さい。そっとしておいてほしい。私も疲れております……いまも病院から戻ってきたところなんです」

何十年か前にチラと見た若々しい視英子さん、その声は疲れていた。私はそっと受話器を置いた。無理強《じ》いしてまで、老いた夫婦のつくる繭の中にヨソの人が踏み込むべきだろうか。

百歳にして鰻を食べ続ける美食家。私は見舞いに行かず、病院の名も所も書かず、駅の名さえ書かないことに決めた。

〈**補遺**〉

この話には短い付け足しがある。小島政二郎さんは平成六年三月二十四日、我が家に近い横浜市・港南台の済生会横浜市南部病院で長逝された。百歳と一カ月の命だった。同病院には十年以上も入院していたことになる。

文中に出てくる鶴屋八幡の今中祝雄君は、私と小・中・大学の同期生で、家も同じ阪急沿線西宮北口にあり、小学一年のときから大阪・船場の愛日小学校まで電車通学した友だった。小島さんが亡くなるまで、父君の命を守って毎月の見舞いを欠かさなかった。

その今中君も、平成十八年七月に不帰の客になった。いま我が家からJRの次の駅にほど近い墓地に眠っている。先日ふと聞けば、今中夫人・園子さんは西宮北口すずらん幼稚園で私の後輩であるという。邯鄲《かんたん》一炊の間にたとえられる短い命なのに、人は何と細かい恩や義理で結ばれていることよと、私は微笑を禁じることができない。

山本夏彦さんを送る

弔辞

われわれも工作社の才媛たちがしたように、飲み食いしながら夏彦さん、あなたと談論したことを書き止めておけばよかった。しかし書いた物は必ず真実を裏切るし、書けばかえって忘れます。記憶は記憶として留め、もはや先の短い生涯の時々に、取り出して味わうことに致します。

晩年あなたは樋口広太郎《ひぐちひろたろう》の案内で京都に遊んだ。京都のエエとこばかりを見せてもらったはずです。だが帰って、あなたは神社仏閣のたたずまい、山水池苑の美について全く語らなかった。ただ「昔どおりの横丁があるんだよ」と、ニコニコなさった。「箱根の向こうは鬼ばかりではなかったでしょ」と追及しても、笑って答えなかった。京都よかったと言えば、根岸下谷《したや》で育った少年の沽券《こけん》にかかわるからであろう。

ギリシャの哲人ディオゲネスは、樽に住んで天下の理《ことわり》を論じた。夏彦さん、あなたの出不精と「天《あめ》が下に新しきもの一つもなし」は、ディオゲネスに匹敵するものでした。

何の偶然か、大正十二年『文藝春秋』創刊号が巻頭に置いた芥川龍之介のコラム「侏儒の言葉」も、「太陽の下に新しきことなし」という文句で始まる。昭和の最初の夏に死んだコラムニストと、昭和を貫いて平成を十四年も見たコラムニストが、一つ思想を分け合っていました。

平成は、来年で十五年になる。長く厳しい明治の後に来た、大正という恋愛の時代、親不孝の時代、夏彦さん、あなたの愛する時代と同じ長さの御代《みよ》を、われわれはあと少しで過《こ》そうとしています。

おとといの晩、テレビが美空ひばりの追悼番組をやっていました。終わり近く、昭和の終わった年の内に死んだひばりが、目に涙を浮かべ、囁くように「一人ぼっちにしないでおくれ」と歌っていました。「みだれ髪」というその歌の詞が、夏彦さん、あなたに去られたわれわれの言いたいことです。

われわれはすでに何人かの近い者、親しい者に先立たれました。いま大樹とたのむあなたに逝かれ、われわれは宿りする木蔭もなく、よるべない身になりました。

あなたが仰ったように「歳月は勝手に来て勝手に去る」、止めて止まらぬものならば、われわれも遠からず、そちらの岸に移り、笑うでもなく笑わぬでもなき談笑のうちに、人の世を嗤《わら》うことに致しましょう。

徳岡孝夫

『完本　文語文』熟読

会って、お元気ですかと挨拶する。別れるとき、では元気でと手を握る。ふだん何気なく使っているが、元気という言葉を字義どおり翻訳すればオリジナル・スピリットである。若者が元気なのは当たり前だが、人は日に日にトシを取る。老いてなおボケず狂わず、弱気にもならず、体調さほど乱れず、元のままのスピリット（気力）の人がいる。そういう状態を総称して、元気と呼ぶ。

最近では、司馬遼太郎氏と山本夏彦翁が、私の知る範囲では「死ぬまで元気」という、現代人の理想を全うした人だった。

死ぬまで元気だった二人のうち司馬遼太郎氏は、死ぬ三日前まで連載の原稿を書いていた。ただし腹部大動脈瘤破裂という一撃による死だったから戦死と同じで、来し方を振り返る暇もなかっただろう。私が親しく知るのは山本夏彦翁の方である。本誌（『文藝春秋』）の「愚図の大いそがし」をはじめ連載を四本かかえ、死ぬ一年ほど前に入院（胃ガン）し胃を全摘出してからも、しばらくは書き続けた。

一度退院し聖路加《せいろか》病院に入り直した後も、見舞った編集者の話では「とてもホスピス病棟の患者ではない」元気だった。享年、司馬氏の七十二をはるかに抜く八十七だった。しかも晩年の十六年間は、夫人を喪って独居だった。肉親が近くに住んでいたとはいえ、老境に入って妻に先立たれた男の侘《わ》びは、ちょっと説明の仕様がない。顧《かえりみ》て、よくあんなに元気が続いたものだと思う。

私（を含む夏彦翁の取り巻き連）は、しばしば飲食を共にした。孔子とその弟子ではなく、ざっくばらん、和やかに飲むだけで、とくに大酒も談論風発もなかった。翁は差されれば受けた。盃を伏せたことは一度もなかったと思う。

八十代になっても、夏彦翁は菩薩にならなかった。世の中のすべてを笑って宥《ゆる》す、仏様のような老人もいるが、翁は平気でトゲのあることを言った。「ノー」を意味する「よせやい」もよく出た。口の中でボソリと何か言うのでエッ？と聞き直すと、秋霜烈日の世相評、人物評だったことが何度もある。

こっちも、そのつもりで付き合った。たとえば翁が自著に『死ぬの大好き』とタイトルを付けたことがある。私は反対した。「世間には、この人にもしものことがあればと、必死の思いで愛する者を抱くようにして暮らしている人が大勢います。この表題は、そういう人々に失礼です」と言った。翁は黙っていた。

次の酒の席で、誰かが『死ぬの大好き』のタイトルを褒《ほ》めた。夏彦翁は「徳岡がぼくを叱るんだよ」と応えた。褒めた人は振り向いて私を見た。それ以上は翁も私も何も言わず、その話題はそれきりになった。

むろん、全き対等の飲み友達だったのではない。ときどき、われわれなど足元にも及ばぬ教養がチラと見えたし、何よりも彼は当代一の文章家だった。まことに「文は人なり」で、翁の人となりもその文章と同じく、一見では当たりが柔らかだった。だが柔らかではあったが、隠せど現わるる圭角《けいかく》があった。つまらぬ言説は鎧袖《がいしゅう》一触。文にも人にも、しっかりとメリハリのきいた、骨のある、規矩《きく》の正しさがあった。

夏彦翁の没後、同じような文にも人にも会わない。毎月の諸雑誌を繰りながら、私はメートル原器を失った測量技師になった心地がする。恃《たの》む尺度を失ったと感じる。生前の翁に払った畏敬の念が、いっそう深くなる。

夏彦翁のコラムは、書くはしから本になった。我が家の狭い本棚には入りきらず、あたりに散らばっている。その中から一冊を拾うと『完本　文語文』（文藝春秋、平成十二年刊）だった。翁の没後に故人の書として読み返してみると、前とは全く違う手応えがあった。はじめて、あの文と人のメリハリは、文語の文脈だったのかと気付いた。あの規矩は、口語文にはない。

夏彦翁は大正四年、つまり「江戸の続きの東京」の下谷根岸に生まれた。漱石も鷗外も、まだ生きていた。江戸は明治を通り越してなお続き、漱石も鷗外も漢詩を作った。のみならず大正天皇も、生涯に無慮千数百首の漢詩を作った。多くは行幸先の風景を詠んだ詩だが、私の世代の教養では、もはや御製の平仄《ひょうそく》を評することができない。

また漱石も鷗外も、日記を漢文でつけた。一日のうちで最もくつろぎ、胸の内を誰にも遠慮なく吐ける日記を、彼らは漢文で書いた。明治になってしばらく、新体詩と言文一致の小説が現われるまで、詩といえば漢詩のこと、詩人といえば漢詩人を指した。

翁の父・露葉《ろよう》山本三郎は新体詩人だった。漢詩でない「新時代の詩」を作った。翁は父親の雅号を評し、幸田露伴と尾崎紅葉から一字ずつ借りたのだろう、厚かましいと、軽く揶揄《やゆ》している。

大正四年は、明治維新からまだ五十年経っていない。関東大震災は翁の八つのときだから、少年時代の翁の目に映った東京は、かなり江戸期の風情風流を残していたはずである。町ゆく人は洋服より和服だった。

戦後生まれの人は知るまいが、昭和二十年八月十五日に日本がガラリと変わったというのはウソである。変わったのはマッカーサーが来た、GHQが命令を出した、新憲法ができて軍隊がなくなった等々うわべだけで、家庭の中は一変などしなかった。民は戦前・戦中と同じ処世訓を奉じ、同じように働き、親戚友人と行き来し、志望校を決めて勉強した。戦後日本が本当に変わったのは高度成長に伴って、いわゆる大衆消費社会の状態になったときである。世の中は、歴史年表の日付によっては流転しない。もっと粘り気がある。

江戸時代は関東大震災まで続いた。私が言うのではなく、夏彦翁が繰り返しそう言っている。ということは少年夏彦は江戸の風、四書五経が律する世界の空気を吸って育ったということである。

父・露葉は、一時は引っぱり凧の詩人だったらしい。共著ではあるが詩集も出した。新体詩といえば藤村の『若菜集』である。

まだあげ初《そ》めし前髪の
林檎のもとに見えしとき
前にさしたる花櫛《はなぐし》の
花ある君と思ひけり（以下略）

この「初恋」を収めた『若菜集』が出たのは明治三十年で、その題の示すように明治という新時代の青春の息吹だった。この二年後に土井晩翠の『天地有情』が出る。ほぼ十年後には口語自由詩が出始め、それが開花したのは萩原朔太郎『月に吠える』(大正六年)である。新体詩の全盛期は、明治末までのほぼ十年間だった。

昭和三年、露葉は数え五十で没した。夏彦翁小学六年のとき。家には父の発表・未発表の詩と四十余冊の日記、明治三十年から四十年頃にかけての古新聞(「萬朝報《よろずちょうほう》」など)が残っていた。夏彦少年は学業そっちのけで、それを飽きることなく読んだ。毎日毎日……翁は何度もそのことを書いているが、半年がかりで古新聞を案内広告に至るまで読んだ。それが翁の教養の土台になった。

明治ノ歌ハ、明治ノ歌ナルベシ、古歌ナルベカラズ、日本ノ詩ハ日本ノ詩ナルベシ、漢詩ナルベカラズ、是《こ》レ新体ノ詩ノ作《おこ》ル所以《ゆえん》ナリ

巽軒《そんけん》井上哲次郎の新体詩宣言である。井上の主張は尋常だが、右の文が示すように彼はその宣言を文語文で書いた。つまり藤村に続いて続々と発表された新体詩(山本露葉の作を含めて)は、みな文語体だった。

明治四十四年、大逆事件に連座して処刑された紀州・新宮の人を歌った佐藤春夫の有

名な『愚者の死』も、
千九百十一年一月二十三日
大石誠之助は殺されたり。
げに厳粛なる多数者の規約を
裏切る者は殺さるべきかな。（以下略）
やはり文語文である。当時の新聞も文語だったし、読者はそれを声に出して読んだ。夏彦少年は、そういう文章を耽読しながら半年を過ごした。祖父の遺産を食いつぶしながら暮らす家庭で、しかも三男だったし、母親の「勉強しなさい」の小言はなかったようである。

文語文とは何か？　手っとり早くいえば漢文を読みくだした文章である。奈良時代から、日本人はずっと文語文で書いてきた。明治に入って新時代の新体詩にも用いた。小説は二葉亭四迷の『浮雲』（明治二十〜二十二年）が言文一致の始まりとされている。なるほど『浮雲』は先頭を切ったが、ホンマモンの口語体小説の嚆矢《こうし》は紅葉の『多情多恨』（同二十九年）だと私は思う。ついでながら『多情多恨』は、近代日本文学を通じての不倫（正確には不倫未遂）小説の傑作である。

『完本　文語文』を、夏彦翁は「私は文語文を国語の遺産、柱石だと思っている」という文で書き出している。全く同感である。だいいち使われた期間が違う。文語文は千年を超えるが、口語体は百年そこそこにしかならない。

喋る言葉そのまま、いや逆に誇張して書いた饒舌体も面白い。面白いが饒舌体ばかりでやられちゃ、すぐに飽きる。文語文の持つ簡潔さ、力、リズム、余韻が恋しくなる。日本語は、書かれぬ部分に意味がある。近頃、声に出して読む日本語が流行《はや》っているが、朗誦するなら口語は文語に適《かな》いっこない。平曲《へいきょく》はあるが、口語は曲になりにくい。

たとえば高山樗牛《ちょぎゅう》『瀧口入道』（明治二十七年）を朗読してみれば直ちに分かる。「やがて來む壽永の秋の哀れ、治承《ぢしょう》の春の樂みに知る由もなく……」朗々と読める。樗牛は、あれを東大在学中に、京都を一度も見ずに書いた。外国語ではないから、現代の若者も、しばらく聞いていればすぐ意味が分かり始める。

また樋口一葉を読めばいい。現に先日ＮＨＫのラジオ深夜便で『大つごもり』を朗読したが、私は感心しなかった。読み手が感情をこめ、ドラマチックに読んだのがいけなかった。感動は聴く者の心に萌《きざ》すものだから、読み手は平板に読んだ方がいい。『大つごもり』を選んだのも失敗だった。文語文の欠点である常套句の多用、類型的な描写が目立つ作である。読むならやはり『にごりえ』『たけくらべ』にすべきだった（後に読んだ）。

文語文が漢文の読みくだしであることは、東海散士（柴四朗）の『佳人之奇遇』（明治十八〜三十年）をめぐる挿話によっても分かる。物語の舞台はアメリカからアイルランドに飛び、西洋人の女も出る（ただし接吻しそうになると話頭一転するのが惜しい）。勇ましくも痛快無比な長編、独立自由のロマンである。

折から清朝末期、柴と同じように憂国の情に駆られるシナ人が、この『佳人之奇遇』を漢訳したか、しようとした。彼は日本語にあまり堪能でなかったが、作業は実に簡単だったという。仮名の部分だけを翻訳すればよい。漢字の部分は、辞書を引くまでもなく、また全体の文脈も一見して理解できた。それもそのはず、柴は元会津藩士で、寺子屋で子《し》ノタマワクを習いつつ育った人だった。

夏彦翁は、文語文の語尾の豊かさにも触れている。仰るとおりで、口語文は「である」「だった」か体言ドメ以外に芸が少ない。語尾が貧弱で、とてものことに文語文の比でない。翁より十五若い私の世代でさえ、唱歌はほとんど文語だった。春の小川はさら〳〵流ると歌った。漫才師じゃあるまいし、いくよなど出て来なかった。

三月六日の地久節（『長恨歌』に天長地久時アリテ尽ク、此ノ恨ミ綿々トシテ尽クル期《とき》無シとある）には、講堂に集まって昭憲《しょうけん》皇太后の御歌を斉唱した。

金剛石《こんごうせき》も、みがかずば、
　たまの光は　そわざらん。
　ひとも、学びて　後《のち》にこそ、
　　まことの徳は　あらわるれ。

何という美しい語尾だろう。難解？　皇太后が何を言わんとしているか、われわれ小学生にも完全に理解できた。

文語はリズムを伴っているから、記憶に残る。脳にしっかり食い込み、振っても落ちない。その代表は教育勅語（明治二十三年発布）で、あれを日本の歴史から抹殺しようと企む人は、私たちの世代が死んでからにしてほしい。我カ皇祖皇宗国ヲ肇《はじ》ムルコト宏遠ニ徳ヲ樹ツルコト深厚ナリ――誰が来てどんなに忘れろと命令しても、記憶は消せない。

また聖書がある。我が書斎には文語訳と口語訳の聖書二冊が並んでいる。前者は袖珍本だから単純には比較できないが、同じ新約聖書が文語文ではるかに薄く、簡潔である。

「姦淫するなかれ」と云へることあるを汝等きけり。されど我は汝らに告ぐ、すべて色情を懐《いだ》きて女を見るものは、既に心のうち姦淫したるなり。

口語訳の神には、これほどの峻厳さはない。交渉しだいでは二回や三回は大目に見てくださるかなあと、姦淫者に希望を抱かせる。

近年カトリック教会は、天使祝詞の名称を廃し、祈禱文を口語体に改めた。ラテン語ではアヴェ・マリア・グラチア・プレナで始まるアヴェ・マリアの祈りである。

従来は「めでたし、聖寵充《み》ち満てるマリア、主御身《おんみ》と共にましますⅰ……」だったが、新訳は「恵みあふれる聖マリア、主はあなたとともにおられます……」である。調子がないから覚えにくく、ひと口に言えない。これは、たとえば長い階段を踏みはずし、転げ落ちながら唱える祈りである。いまわのきわに散文的な祈りは口をついて出て来ない。そのうえ新訳はアヴェを訳していない。マリアを迎える挨拶、喜びの叫びであり、従来の「めでたし」は名訳だった。なぜネグったのか、私は分からない。

新聞も何の恨みか、戦後は文語体を目の仇にして今日に至っている。かつて大《おお》新聞（政論紙）も小《こ》新聞（社会・娯楽紙）も文語文だった。徐々に記事は口語体になったが、社説は最後まで文語を守って、偉そうなところを見せた。

実は、いまもなお少し残っている。とくに運動面の見出しと記事に痕跡を見る。「ソウルにおける開会式で」「堂々たる一勝をあげた」「絶対に勝つべき試合を」――みな文語文の名残りである。女々《めめ》しい口語文では、勇壮な場面や感情の爆発を短く強く描けないから、記者は窮して文語文にすがる。

文語文は、英語におけるラテン語に似ている。

大詩人ジョン・ミルトン（一六〇八～七四年）は（有名な『失楽園』は英詩だが）詩の多くをラテン語で書いた。以後の詩人・小説家もしばしば文中にラテン語を用いた。すでに死んでいる言葉に、意外な効用があった。十九世紀の英国の小説の中には、きわどい部分だけラテン語にしたのがある。その部分はインテリのみの楽しみであり、ラテン語を解さぬ庶民が読んで劣情を催し風俗を壊乱する気遣いがなかった。

ノーベル文学賞を取った戦時・戦後の宰相ウィンストン・チャーチルは、ラテン語は落第点だった。複雑な語形変化など文法に辟易《へきえき》したのが原因だが、そのかわり英語の古典を読んで、しっかり暗記した。マコーレーの雄弁、ギボンの名文は、チャーチルの文章の骨格になった。彼の人格形成にも影響した。

明治の武人・広瀬武夫はロシアに留学、後に駐在武官になった。日記を漢文でつけた。プーシキンを漢詩に訳したことがある。日露戦争が始まると旅順港閉塞作戦に参加し、壮烈な戦死をとげた。そういう人だから、彼を歌う唱歌は、荒波洗《あろ》うデッキの上で「杉野は何処《いずこ》、杉野は居《い》ずや」でなければならないのである。「杉野はいないか」では、戦場の切迫した趣きがないし、文字から香りが立ち昇らないのである。断っておくが、これは日本が軍国主義であったかどうかとは全く無関係なことである。

先にちょっと触れたが、文語文は類型的表現に堕しやすい。歴史が長いから、手垢のついた成句がいっぱいある。だが、それはまた歌舞伎の型に似ていて、現代人である役者がてんでに個性を発揮して自由にやれば、芝居の感興はおろか感動もない。出雲の阿国いらい四百年、磨きに磨いて成った型には、それなりの存在理由がある。文章も同じである。

夏彦翁は「十読は一写にしかず」と書いている。写して古典に学ぶのである。私が新聞記者になったのは五十年もの昔だが、当時はまだ「強制するわけではないがね」と言って「写経」を勧める先輩記者がいた。私は鷗外の『寒山拾得』『百物語』や志賀直哉さんの『焚火』『小僧の神様』を写した。一写では不十分である。やってみないと分からないが、二写三写すると驚くべきことが起こる。

子供の個性など重んじて何になるか。友達がロックをやればロック、茶髪にすれば茶髪にするのが個性か。われわれはもう二度と文語文に戻れない。だが古人に学び古典を写し、型を覚えることはまだ可能である。そのうえで抑えても抑えても噴き出して来るものがあれば、それが真の個性ではないか。文語文の時代の日本人は、まず古典を重んじた。

私は日本のどこかに誰も知らない地下基地があって、そこから最高司令官が次々に指令を出している図を想像する。彼は文部科学省、日教組、有名大学、自治体、NHK等々あらゆる目標にエージェントを送り、文語文の痕跡を最後の一点まで消そうと奸智《かんち》をこらしている。すでに、ほぼ成功している。彼が狙うもの、それは「国語テロ」による日本の破壊である。これより恐ろしいテロはない。

過去を美化せよと言うのではない。過去に敬意を払う。それをせずに前へ前へ進むものは、飢えた禽獣《きんじゅう》に等しい。逆に、過去に学び祖先を祭る心は必ずやその挙措動作、物の考え方にあらわれる。夏彦翁は腹中に文語文ひいては漢文脈を抱いていた。果敢にテロリストと戦った。

以上、拙い文だが『完本　文語文』と山本夏彦翁の酒席での教えを私なりに敷衍《ふえん》、祖述した。翁が元気なら、もっと巧く語るはずだが御推察被下度《くだされたく》候。

懐しき哉「愚者の楽園」

いま「昭和ブーム」だそうで、それもとくに昭和三十年代に人気があるらしい。当時のことを書いたり喋ったり映画に作る人が何人もいて、彼らの話は結構ウケているという。

想像するに、その大半は団塊の世代が振り返る、ボクたち私たちの子供の頃の映像なり文章であろう。もう一つ上の世代に生まれた私は、昭和30年（以下、算用数字はすべて昭和）すでに二十五歳であり、以後十年間、40年三十五歳まで大阪で社会部記者をした。

職業として「三十年代」を観察していたのである。幼児の片々たる思い出ではない。そういう立場から十年間を、ごく個人的な備忘録風に記してみる。

あつかましく、いきなり自分の新婚旅行の話である。30年三月十六日、四国・高松の支局記者だった私と妻は大阪で挙式し、その夜の二十一時六分発・佐世保行き夜行急行一〇〇一列車で雲仙へ発った。人生千夜一夜の物語を、列車番号に託した。父は大阪駅のホームから窓越しに手を伸ばし、私の手を握った。いま、日本の汽車は窓が開かない。

真夜中ふと目が覚めると、汽車は広島に停まっていた。原爆から十年。ネオンも交通信号も家々の灯も一つも見えない。広島全体が闇の中に沈んでいた。夜が明けると九州だった。福岡で途中下車し、大丸デパートに入った。エスカレーターが動いていた。大阪の百貨店のエスカレーターは、戦時中に止まったままで、客は八階まで階段を昇降して買い物していた。だが九州には石炭がある。当時、日本のエネルギーは北海道と九州の炭鉱から来た。

30年七月、大阪社会部へ転勤になった。船場の父の家の二階に住んだ。真っ先に洗濯機を買い、他に置き場がないから玄関に置いた。

洗濯水が水道に逆流しないオーバーフロー式。ゴムのローラーを手で回して絞る。むろん湯など使えない。風呂場の蛇口から長いホースで水を引いた。妻は盥《たらい》と洗濯板から解放された。ただし洗い終わると洗濯物は絡まり合い、洗濯機の中で一つの固いカタマリになっていた。

31年三月、日本住宅公団が、千葉の団地で初の入居者募集をした。むろん賃貸である。大阪でも募集があったが凄い競争率で、何度やっても当たらない。32年四月一日には売春防止法が施行された。われわれ善良な市民は、商売女より夫婦水いらずで住めるコンクリートの箱が、ノドから手が出るほど欲しかった。

32年のことだと思うが、大阪府営賃貸団地の空き家が当たった。大阪市住吉区西長居である。団地に接して広い田んぼがあった。

いま堺の中百舌鳥《なかもず》まで行く地下鉄が、西田辺で終点だった。駅から歩く。六畳一間《ひとま》と四畳半ほどの台所に水洗便所。その使用法が図示してあった。押入れとベランダはあるが風呂なし、洗面所は洗濯槽と兼用。小さい団地だが、すぐ近くに風呂屋があった。

妻のミシンを窓際に置き、テレビを買った。早川電機（現・シャープ）から「ウチの娘はちゃんと映っていますか。嫁入りさせた親のように気懸りです」と手紙が来た。妻はそのテレビで御成婚を見た。私は仕事で、近鉄百貨店前の街頭テレビへ、「街の声」を取材にやらされた。

いくつも石鹸箱を買えるほど豊かな人は少なかった。風呂屋の湯船に浸っていると、「お父ちゃん、行きまっせ」と女の声がして、石鹸箱が私の頭上を飛んだことがある。女房が先に石鹸を使い、それを男湯との仕切りを越して亭主に投げて寄越すのである。

亭主がまた、それをナイス・キャッチした。

女湯では、母親が先に赤ん坊を洗って出ると、受け取って体を拭き親が用意した飲み物を与え、あやしてくれるオバサンが脱衣場にいたという。その間、母親はゆっくり自分の体を洗える。風呂屋のサービスである。その赤ん坊は、いまごろ定年後の用意で大変だろう。

中学時代の友人、磯村君（後の大阪市長）は、もうアメリカ留学から帰っていて、朝子夫人と近くの市営団地に住んでいた。「朝子にバキュームを買ってやった」と自慢したことがある。米国では掃除機のことをバキュームと呼ぶ。『暮しの手帖』が掃除機の威力を褒めたので、ほどなく我が家も購入した。

本職のサツ回りをしながら、私はフルブライト留学生試験に備え猛勉強した。進駐軍払い下げのペーパーバックを買い、手当たりしだいに読んだ。三年目にやっと受かった。大阪からたった三人の全額給費生。折から妻は妊娠した。私は冷蔵庫を買った。

夢みたいだった。戦前のＧＥ製電気冷蔵庫は、てっぺんに大きい放熱機が付き、価格は借家一軒分より高かった。私は安くなってから買ったわけだが、それでもかなりの出費だった。

後の世代は「霜取り」の苦労を知らないだろう。週に一度、菜切り包丁を水平に持って、製氷室にこびり付いた霜を削《そ》ぎ落とす作業である。怠れば霜がどんどん増え、中の製氷皿が出なくなる。だが、うっかり冷凍室を傷つければ、中のフロン・ガスが漏れ、冷蔵庫がダメになる。慎重にしなければならない。

英語の本で見たレタスを買いに、夫婦で近所の八百屋へ行った。

「レタス？　これです」オッサンは杓子菜《しやくしな》のような葉っぱを示した。

「それではない。こう、丸く結球したやつです」

「さあ？　見たことおまへんな。こんど問屋に聞いときまっさ」

オッサンの菜っ葉とトマトとタマネギを買って帰り、酢とサラダ油と胡椒でドレッシングを作った。生まれて初めて生野菜のサラダを食べたわけである。「うわぁ、美味しいものね」妻は感動した。

35年、米国への留学。それは二度と行けないであろう男子畢生《ひっせい》の事業だった。横浜のシルクセンター前に集合し、全国から来た二十数人が大桟橋のプレジデント・クリーブランドに乗り込んだ。ハワイ大学で五週間の準備教育の後、ジェット旅客機でニューヨークまで飛んだ。誰でもまず行くエンパイアステート・ビル。最上階の展望台の土産物店に並んでいる品は、一つ残らずメイド・イン・ジャパンだった。灰皿、花瓶、写真立て、十センチほどの星条旗の小旗……どれ一つとして日本製でない物はなかった。一つ取って、私はそこに夜なべ仕事に精出す祖国の主婦たちの手を感じた。

ニューヨーク州北部にある大学の寮に入って間もなく、夕刊第一面に半ページ大の写真が出た。浅沼稲次郎氏が刺された瞬間のスナップだった。その秋の大統領選挙は、JFKが僅差で勝った。

一年が経って、サンフランシスコから再び船で帰国の途についた。出発と同じ横浜の大桟橋が終着点である。

デッキから出迎えの人々を見下ろし、船中で友になったジョニーウォーカー社の販売部員がマジメな顔で訊いた。両手で胸を指しながら、

「おい、日本の女にはコレはないのか?」

「アホ。ちゃんとあるよ」

その頃の日本女性は、胸の線を強調するような服を着なかった。夏は基本的にアッパッパに毛の生えたような服で、脚もふくらはぎから下しか見せなかった。乳牛も顔負けの米人女性に比べ、胸は無いに等しかった。

私たちのそばに一人、桟橋に向かって懸命に手を振る若い西洋人の女がいた。見ると桟橋側にも彼女に向かって手を振っている男がいる。何か叫んでいる。恋人同士か?

船はゆっくりと接岸した。荷物の少ない私は、さっさと入国手続きと通関を済ませ、一年ぶりに横浜の土を踏んだ。一番だろうと思ったら、そうではなかった。税関を出たところに、さっきの女がいた。出迎えた男と抱き合っている。

ひしと抱き合い、長い長い接吻をしている。真っ昼間である。女の目尻に涙が見える。離れて顔と顔を見合わせ、短く何か言ったかと思うと再びキスする。体と体をぴったり密着させる。

小さい輪を作って、それを見物している数人の日本人がいる。服装から見て、ヒマな沖仲仕らしい。

半径二メートルほどの綺麗な円を作って、男たちは延々と続く西洋人のキスを眺めている。誰もニヤニヤ笑っていない。オッサンたちの中には腕組みしてるのがいる。何か話し合いながら見ているのもいる。

男女は、見られているのを全く気にしない。ちょっと離れては抱き合うのを繰り返している。抱き合えばシッカリ接吻する。二人もマジメだが、眺める側もマジメである。犬の交尾を眺める人間か。人間の交尾を見る犬の群れか。冷やかし半分に見ている者は一人もいない。

「見い、よくやるのう」「おお、またやりおるわ」「映画の実演みたいじゃ」「西洋人は、こうやらんと気が済まんのじゃろ」そう話し合っているのが聞えるようである。それにしても、西洋人は唇がふやけないのだろうか。

私は顔から火が出た。真昼の抱擁・接吻と純粋な傍観の見物人。寸分のイヤラシサもないから、私はかえって恥ずかしかった。同じ人類とは思えなかった。

西洋史学者・会田雄次（一九一六〜九七年）の『アーロン収容所』が、全裸で日本兵捕虜の前に出て羞《は》じない英女兵を描いたのは、この大接吻の翌年である。

感情を顕《あらわ》す者と隠す者。当時、アメリカ人と日本人の間には、それほどの広い懸隔があった。日本人は、あくまでも日本人だった。これは36年初夏の横浜港での話である。街ではスーダラ節が大流行していた。ケネディの就任演説との間に、目もくらむような差があった。

37年二月、米大統領の弟で司法長官ロバート・ケネディが来て、私は彼の関西旅行中の取材を命じられた。関西に来る前、自民党若手議員との自由な意見交換会で、田中角栄幹事長が「アメリカは沖縄返還と交換に日本に再軍備を促してはどうか」という自由な発言をした。問題化したので角栄は事実を否定したが、民放ラジオが発言を録音していた。「ケネディに会って、発言の有無を確認せよ」と、デスクから命令が来た。

私はケネディが視察先に択《えら》んだ京都府下の農協で、伊丹空港に向かう先頭のマイクロバスに無断で乗り込んだ。ケネディと青年会議所（そのときの招待主）の十数人が乗っていた。ケネディは左側のシートに一人で座り、隣の席が空いている。私は自己紹介し、彼の隣に座った。

「ミスター・タナカは、そういう提案をしなかった。少なくとも私の記憶にはその発言はない」

「あなたの発言として、それを書いてよろしいか」

「どうぞ」

彼と並んで、しばし窓の外を眺めた。左手に延々と、まるで万里の長城のような土盛りが続いている。建造中の名神高速道路だった。後年ロッキード事件の取材でロサンゼルスに行ったとき、私はロバート・ケネディが暗殺されたアンバサダーホテルに行き、一人ひっそり彼の死を悼んだ。かつてバスに並んで座った仲である。

35年に首相になった池田勇人が「所得倍増」を約束し、日本は「高度成長」へ向け驀《ばく》進《しん》し出した。三十年代が最初からそうだったのではない。後半に入ってから、39年の東京オリンピックに向けての大公共投資が始まったのである。東海道新幹線、東名・名神高速道路……。東京や大阪など大きい都市からは、一斉に都電・市電が消えた。

38年二月、北九州の五市が合併して北九州市が誕生し、炭鉱はスクラップ・アンド・ビルドの時代になった。テレビがカラーになって、我が家の電化も一段落し、それからは買い替えの時代に入った。

車は？　私の給料ではまだ買えなかった。スバル３６０の発売は33年である。廉価だったが、それさえ手が届かなかった。記者仲間に中古のルノーを買ったのがいて、よく乗せてもらった。ボンネットを開けプラグを抜き出して接点を磨いたり、万年筆のようなゲージでタイヤ圧を調節したりしたが、自分の車、２ドアのカローラを買ったのは海外特派員になり家族が合流したため、マイカーが絶対必要になった43年春である。

免許証は38年、オリンピック前年に取っておいたが、まさか自分が車のオーナーになるとは思わなかった。バンコクの東銀支店長を拝み倒し、二十四カ月の月賦にしてもらった。熱帯というのにクーラーなし。それでも三角窓を開けて走ると涼しい風が入ってくるので、文句はなかった。家族を積んで好きなときに好きなところへ行ける。爽快《そうかい》だった。しかしシートベルトもドアロックもない車で、よくまあ事故をやらなかったものである。

昭和三十年代を締めくくるのは、何といっても39年の東京オリンピックとそれへ向けての熱狂であろう。山を崩し谷を埋め、際限なしに石油を焚き、国家の威信とやらのために日本人はひたすら国土を壊した。

私は東京へ応援取材に行き、国立競技場の陸上競技を担当した。世界一流のトラック&フィールドを、記者席から心ゆくばかり見たのに、原稿はほとんど紙面に載らなかった。日本の取ったメダルが、マラソン円谷《つぶらや》幸吉《こうきち》の銅一つだけだったからである。日本国民は重量挙げやバレーボールなどに血道を上げていた。

国を挙げて浮いた浮いたのお祭り騒ぎをした反動は、翌40年にたちまち来た。大不況である。同年三月に山陽特殊製鋼が会社更生法の適用を申請した。七十三億円の資本金に対し負債総額四百八十億円。戦後最大の倒産だった。続いて五月には山一證券が破綻した。日銀の特別融資により金融恐慌は防いだものの、投資信託の解約や運用預り、保護預りの引き揚げを求める客が店頭に行列した。「取り付け」とはこういうものか——悪夢のような光景だった。

しかし概していえば、昭和三十年代は、輝ける十年間だった。私の知る、それ以前の二十五年間は、比較にならないほど厳しい時期だった。兵隊に取られて戦場に行かなくても、戦場の方から近付いてきた。女子供の頭上に焼夷弾が降ってきたのである。豪雨に似た、あの音。そして敗戦。われわれは日本の歴史で初めて外国の軍隊に国土が占領されるのを見た。パンパンが背の高い進駐軍の腕からぶら下がっているのを見た。

それに比べると、三十年代は甘ったるい時代であった。何よりも平和と安全と食い物があった。人々は戦前そっくりに肉は肉屋、魚は魚屋、野菜は八百屋で買っていたが、世の中がだんだん良くなる、そのためには無くなるものもあるだろうという、漠然たる予感があった。それが希望というものだろう。世の中が進むのを見て悲観する人は少なかった。是認の時代だったともいえる。

三十年代の日本人の前向きの姿勢を支えたのが、電気洗濯機に始まる電化製品がもたらす、一つ一つの「小さい幸福」だった。それぞれは、ごく物質的な幸福に相違ない。しかしテレビ、冷蔵庫、マイカーと物質的幸福が積み重なっていくと、それは「明るい未来」を手にしかけた人々の自信へと質的変化をとげた。

もう一つ、三十年代の日本人の幸福を支えたものがある。外の世界の波風から保護されていたことである。日本国憲法とカップルになった日米安保条約があったおかげで、外敵は日本に手を出せなかった。為替が一ドル＝三百六十円に固定され、政府の厳しい外貨持ち出し制限があったから、「働けば溜まる」という実感はウソではなかった。貯金は郵便局に預けるものと信じていた大衆が、銀行口座を持つようになった。

三十年代の前に朝鮮戦争があり、後にベトナム戦争があった。だが日本の周囲には白い砂浜に緑の松林があり、清らかで平和な波が穏やかに寄せては返していた。外国資本によるM&Aなんて、聞いたことなかった。西洋人が抱き合ってキスすれば、取り巻いて「なるほどなあ」と眺めておればよかった。やがて自分の幼い娘が脚の長いギャルへと成長し、電車の中で男と抱き合ったりキスするようになるなんて、心配する親はいなかった。

あらゆる時代は、過ぎて年を経るに従い、現実味を失う。「気楽だった昔」の仲間入りをする。いまを去る五十年の昔、昭和三十年代も例外ではないのだろう。ひょっとすると、それは「愚者の楽園」であったかもしれないが。

人命尊重大国が撃たれた日

カンボジアで国連ボランティアと文民警察官が各一人、戦場に死んだ。犠牲者はなお増えるかもしれないが、これは「いま」の出来事である。なかでも岡山県警の高田晴行警部補の場合は、公務による命令に従って海外に行き、ポル・ポト派かその他の武装集団か、とにかく国連による平和維持活動に抵抗する者によって殺された。サツ回りによって職業人の生活を始め、長い間に何人もの思い出深い警察官に会ってきた私は、大阪の所轄署では「係長はん」と呼ばれていた警部補の奇禍に、同僚の死に遇ったときのような痛恨を感じる。

と同時に、私は「いま」の尊い生命の喪失を見て、五十年前の、しかもちょうどいまごろの「むかし」を思わずにいられない。軍国少年として当時を送った私たちの世代には絶対に忘れることのできない出来事、それはアッツ島の玉砕である。新聞の縮刷版を繰ってみると、やはり今年（一九九三年）は五十年忌だった。

［大本営発表］（五月三十日十七時）アッツ島守備部隊は五月十二日以来極めて困難なる状況下に寡兵よく優勢なる敵に対し血戦継続中の処《ところ》五月二十九日夜敵主力部隊に対し最後の鉄槌を下し皇軍の神髄を発揮せんと決意し全力を挙げて壮烈なる攻撃を敢行せり、爾後通信全く杜絶全員玉砕せるものと認む、傷病兵にして攻撃に参加しえざるものは之に先《さきだ》ち悉《ことごと》く自決せり、我が守備部隊は二千数百名にして部隊長は陸軍大佐山崎保代《やすよ》なり、敵は特種優秀装備の約二万にして五月二十八日までに与へたる損害六千を下らず

ひとくちに南海北溟《ほくめい》というが、はるか遠くアリューシャンの孤島で起こったこの「むかし」の死も、少年の胸の奥に届き、それは「いま」も明らかな記憶となって残っている。玉砕という言葉を聞いたのはこれが最初で、以後マキン、タラワ、硫黄島、サイパンなどで起こった全軍散華《さんげ》の哀切きわまる挽歌の前奏だった。私たちの世代は五十年後もなお「アッツ」と聞けば「山崎部隊長」と答える。

「むかし」は戦時であった。死ねと命令されれば死ぬほかなかった。「いま」は平時である。妻も子もある人間なら危険な紛争地への派遣を断るべきだったと人は言うかもしれない。しかし警察官よりもっと自由な私たち新聞記者でさえ、ベトナム戦争取材を断

った奴の話なんて聞いたことがなかったのである。行けと命じられれば、黙って行った。

最後の取材は一九七五年四月、南ベトナムの首都サイゴンが陥落したときだったが、三日ほど前から東京の本社はさかんにテレックスでサイゴン支局に「全員引き揚げよ」と命令してきた。

「編集局長会議で総員撤収に決定した」「在京外信部長会議が申し合わせた」などと言ってきたが、どの社もどの支局も、サイゴンに迫った共産軍の砲声を聞きながら逃げようとしなかった。

それはヨソの社が引き揚げないから自分も引き揚げられないという消極的なメンツの問題ではなかった。アメリカ人記者は当然として、フランス人もイタリア人もドイツ人もいる、俺たちだけ逃げられるもんか、そんなことすれば男がすたるという負けん気と、やはり歴史的瞬間を取材してやろうという新聞記者根性だった。だから、しつこく引き揚げを指示してくるテレックスをサイゴンのわれわれは指ではじいて「なーに、編集局長は万一の場合の自分の責任をカバーしときたいんだ」と、せせら笑っていた。

いや「むかし」を記憶する者に言わせれば、アッツ島で玉砕した二等兵だって「命令だから死んだ」者ばかりではなかったはずである。

米海軍の語学将校として、そのころハワイにいたドナルド・キーン氏が書いている。戦死した日本兵の日記やメモが前線からハワイに送られてくる。軍機に関することを書いてないかと読むうちに胸を打たれた。皇国のためにとか、東洋永遠の平和のために一身を捧げてとか、日本兵は崇高なことを書いている。片手間に検閲させられるアメリカ兵の故郷への手紙が「早くママに会いたい」「食事がまずい」等の文句で溢れているのと大違いである。そしてキーン氏は書いている——「この戦争に勝つ資格があるのは日本ではないかと思った」。

アッツ島で玉砕した将兵にも「いま」の高田さんと同じように妻子が、また親がいたであろう。愛する家族を守るために、日本の同胞を守るために、一命を投げ出して、たとえ大した役に立たなくても、せめて捨て石になりたいと思って突撃していった将兵が、いたのではないだろうか。

アッツ玉砕を報じる「朝日新聞」の社説は「出師の表を読みて泣かざるものは人にあらずとか。（略）大本営発表に接して、誰か痛憤の涙を呑まなかつたものがあらう」と書き出し「悲壮なる沈勇」によってアッツの死を無駄にするなと国民に呼びかけている。

出師《すいし》の表《ひょう》とは丞相諸葛孔明《しょかつこうめい》が魏《ぎ》との会戦に出陣するに当たって上《たてまつ》った、いわば人生との訣別の文である。主君劉備《りゅうび》の遺子・劉禅《りゅうぜん》は「お前はもう五十に近い。閑を楽《たのし》み身を養って安穏に暮せばいいではないか」と言う。それに対し孔明は「願わくば駑鈍《どどん》を尽くして姦凶《かんきょう》を攘除《じょうじょ》し、漢室を興復して旧都に還《かえ》さん」と赤心を吐露して中原に赴き、そのあと七年間、死ぬまで身を戦場に置くのである。

死生観は人によってまちまちだし、それはまた時代の影響を受けやすい。しかし、どんな人にとっても、どんな世にあっても、人の生命の貴重であることは言を俟《ま》たないであろう。生命をおろそかにすることは自己を軽んずることにとどまらない。子を持ったことのある人は、みなそれを知っているだろう。

コンポントム（見渡すかぎり水田の広がる地帯だ）で亡くなった国連ボランティア、中田厚仁さんの経歴を見て、私は暗然となった。旧制学制のころは女学校だったが大阪の一流高校を出て大阪大学の法学部に入っている。大阪の多くの少年たちが進みたいと念願するコース、親たちが我が子を進ませたいと憧れる理想の道を歩んで、二十五歳になって、みずから志願してカンボジアに行った。

お父さんはよほど健気《けなげ》な方らしいが、産声を上げていた子をあれほどのエリート学校に入れ、あそこまで育てるのに母はどんなに苦労したことか。身を削った苦労の結晶が、やっと一人前に育ち、やれこれからは我が老後の面倒を見てもらおうかというときに、その子が一瞬にして失われたのである。中田君、なぜそうまで生命を軽んずる必要があったのか。

親のためだけにでも大切に保たねばならない生命の灯。人の生命はそれほど尊いものである。ところが生命には、また不思議な逆説があって、ただ生きただけの人生はほとんど一顧の価値すらないのである。瓦全《がぜん》は玉砕に若《し》かないのである。

そのうえ、さらに皮肉なことに、玉砕はしばしば何の実利ももたらさない。諸葛孔明は、わざわざ五丈原まで出かけ死ななくても、殿様のおっしゃるとおり閑を楽み身を養い、その英知によって国を治めていたほうがどれほど役に立ったかもしれない。山崎部隊長以下二千数百人は、戦陣訓もあらばこそ、いさぎよく米軍に投降し戦後復員して日本の復興のため働いていたほうがどれだけ身のため家族のため国のためだったかもしれない。戦争末期に米兵の心胆を寒からしめた神風特攻隊にしたって、その実利・戦果は敵の補助空母を一隻か二隻沈めた程度のものにすぎなかった。

お気の毒だが、中田さんや高田さんの尊い血もまた、カンボジアに平和をもたらすことには、さほど役立たないだろう。老い先短いじいさんが酔っ払ってプラットホームから足を踏み外した。電車が入ってくる。前途有為の青年が飛び降りて、じいさんは助かったが青年は轢死した。そういう死に似た無駄な死かもしれない。

では、いかにして生きるのが最も賢明か。その問いかけを裏返せば、人間いかにして死ぬべきかという、これもまた人間永遠のテーマになる。

閑居養生した孔明は長生きしたかもしれないが、彼の文章は千数百年を経て人々を奮い立たせる力はなかったことだろう。山崎部隊長らは玉砕しなかったならば、五十年後もなお人をして「悲壮なる沈勇」を抱かせなかっただろう。凡人は鐘ひとつ鳴らせないが、彼らは後世の人の心に高らかに鐘を鳴らしている。

それでも、やはり凡人の幸福が至高のものか？　ただし凡人が生きるこの世は、必ずしも蓮が咲き蝶の舞う極楽ではない。高田さんが亡くなった日の新聞には、連休の山での遭難の報がいくつも載っていた。たとえ用心して山登りを避けても、この日本では毎年一万二千人もの人が交通事故で死んでいるのである。凡人の望むささやかな幸福は、ある日突然断ち切られるかもしれない。

私たちは長いあいだ勇気、使命感、滅私、献身などという言葉を聞かなかった。それらはすべて愛と平和と民主主義に反するものであり、危険思想に類するもののように考えられてきた。代わって聞くのは安全であり、行なうのは安全対策つまりは保身だった。義務を言わず、もっぱら権利を言ってきた。

ここにもし一人の老いた外国人がいて、五十年前の日本人と現代の日本人の双方を知っていたなら、彼はきっと驚くことだろう。東洋永遠の平和のために死んだ日本人はどこへ行ったかと疑うことだろう。

「むかし」はアッツ島二千数百の生命を惜しいと思わず、爆弾を抱いた飛行機を操縦し敢然と突入してきた日本人が、「いま」では水道にゼロコンマゼロゼロ程度のＰＰＭの異物質が混じっていて体によくないといって瓶詰めの水を飲んでいるのである。と同時に、彼はまた、日本人の運命に対する態度が一変したことにも驚くだろう。

「むかし」の日本人は、運命の素直な子だった。運命の足音を聞く耳を持っていたし、ああこれが自分の運命だなと悟ると、それを甘受した。いわゆる「大御心のまま」だった。それが日本を挙国一致の戦争へと持っていったのだが、それとは正反対に「いま」の日本人は運命（運と縮めて言ってもいい）を聞き分ける聴力が鈍感になったのではないだろうか。

いや聴覚を失っただけでなく、確かに運を運として受容する意志がなくなった。自分にとって不都合なことのすべてを、人災と見るようになった。歩道の穴でハイヒールのかかとが折れたら、そこに市役所の責任を見るようになった。

カンボジアで起こった二人の日本人の死は、ＰＫＯが国論を二分する問題であっただけに、日本人の心の深いところに届いた。

殺されたのがもし高田さんでなく自衛隊員だったら、政府の責任を追及する大合唱が新聞紙面を埋め、死者に注ぐべき涙は忘れられていたかもしれない。だが「アリの一穴」を許さないための代案として文民警察官の派遣を主張したのは、ほかでもない社会党と進歩的な新聞だった。私たちは党派を超えて、失われた生命の前に静かに泣くことができる。

中田さんと高田さんの死は、方程式のマイナスを一斉にプラスに変えるように、私たちが長らくマイナスとしてタンスの中に仕舞っていた言葉を明らかに見せてくれた。勇気、使命感、滅私、献身などという美徳がこの世にあることを、カンボジアに残って働く日本人が生きて家族のもとに帰ってくるかどうかが運（これを神と言ってもいい）にかかっているという一種畏敬の念を、日本人の心の最も柔かい部分にそっと置いてくれた。

将来のことは分からない。だが私は、この「カンボジア」が戦後日本の精神史の上に、いかなる形をとってか、必ずや文化的な影響を与えるはずだと思う。円高のような経済的現象ですら、大きい文化的意味を持ったことが、海外に住む日本人に会うと分かる。ましてカンボジアの出来事は、日本人をして粛然とさせる精神的打撃だった。これが文化的な意味を持たないはずがない。それはきっと、目に見えない速度で、誰もそれと気付かない形ではあるが、人命尊重一点張りだった戦後日本の文化と日本人の心を変えていくだろう。

カンボジアに特派員を置くバンコクの新聞は、PKOの死者が送り返されるシーンを報告している。場所は首都のポチェントン空港。

焦げつくような炎天の下に、黒い軍服を着た数人の儀仗兵とラッパ手が佇立《ちょりつ》している。彼らの前に一個の棺があって、それは国連旗とガーナの国旗に包まれている。少し離れた木蔭に数人のカンボジア人が集まって、儀式を見守っている。楽手がラッパを口に当て、哀切な音を吹く。棺は持ち上げられ、輸送機の中へ運ばれる。ガーナの兵士が一人、遺体に付き添って故国に帰る。

数日前にも、これとそっくりの儀式があった。そのとき棺を覆っていたのは国連旗とコロンビアの国旗だった。

ガーナはカンボジアと隔ることはるかに遠い西アフリカの国である。南米コロンビアもまた、カンボジアとは縁もゆかりもない。それらの国の若い人々が、はるばるアジアの国の平和を維持するためにやって来て、死んで帰っていく。記事によると、家族は故国で待っているらしい。ガーナやコロンビアの大臣がプノンペンに来てUNTACの明石康代表に安全対策の一層の充実を申し入れたとか、政党の代表が入れかわり立ちかわり来て明石氏から情報を聴取したなど、どこにも書いていない。

私は世界のどこかで航空機事故があるたびに流されるニュースの、あの「邦人はいないもよう」「邦人に死傷者はなかったもよう」というアナウンスの、あの何ともいえない後ろめたさを思わずにいられない。邦人は無事だったかもしれないが、同じ地球市民の貴重な生命が失われたんじゃないか。

バングラデシュの兵士が一人殺された。中国工兵隊の宿舎が迫撃砲の攻撃を受けた。日本の新聞製作者は「次はタケオの自衛隊かもしれない」という懸念を中心にした紙面をつくり、読者もそれを不思議と思わずに読んできたのではないか。今度たて続けに二人が亡くなるまで「邦人は無事」の思想でカンボジアからのニュースを読んでいたのではないか。死んだバングラデシュの兵士に家族はいるのか、いるならあの国は世界の最貧国だ、みんなで金を出し合って助けようという手紙を、誰か新聞社に書いたか。

ベトナム戦争のあいだ、米軍の北爆を受けるベトナム人民という「同じアジア人」のことを思うと夜も眠れないと言い、書き、街頭をフランス・デモした日本の知識人は、いまカンボジアで苦しんでいる人々やそれを助けに行って死んだバングラデシュ人という「同じアジア人」のことを聞いても、枕を高くして眠っているのか。ベトナム戦争中のあの昂《たかぶ》りは、単なる反米運動だったのか。

ベトナム戦争のころ、前線の取材を終えて羽田（当時は羽田だった）に帰ってくると、しばらく、町を歩いていてドキッとすることがあった。橋の袂《たもと》に兵隊がいないのである。ベトナムでは、橋があれば必ずそれを守る兵士がいた。土嚢を積み、銃眼を設け、昼間は寝たりバクチを打ったりしていた。同じ橋でも日本の橋は人や車が通るためにあり、ベトナムの橋は落とされるためにあった。

日本と東南アジアでは、同じ橋でも意味が違う。もちろん選挙というものの性格も違う。選挙と聞けば日本人は、小学校の体育館のあの静かな光景を想像するだろう。自分の名を選挙人名簿と照合し、自由な意志によって候補者の名を書き、立会人に会釈して出ていく。投票結果は公正な手続きによって数えられ公表される。

カンボジアの選挙は、目的からして異なる。それは二十三年間の戦火に明け暮れ何百万もの死者を出した国に、やっと平和が戻ってきたことを確認する一種の戦争である。開票結果は（私の見るところでは）最初から分かっている。それは現プノンペン政権を代表しているフン・セン派の圧勝である。実績のないラナリット派が勝つとは思えない。

ポル・ポト派（クメール・ルージュ）は一九七五年に首都プノンペンを制圧したとき、一挙に原始的・原理的な共産主義を実現しようとした。通貨を廃止し、国民一人一人が自分の食べるものを自分で耕してつくる社会を築こうとした。プノンペン市民はジャングルに追い出され、臨月の妊婦も点滴を受けている病人も、歩いて病院を去らねばならなかった。加えてロン・ノル政権に協力した（とされる）人々の大量処刑が行われた。一説に三百万といわれるが、死者の数は推定すら覚束《おぼつか》ない。

一九六〇年代のプノンペンは緑濃い、東南アジアで唯一の散歩して楽しい首都だった。シアヌークビルに通じる国道は平和そのもの。すでにタイ国境にはクメール・ルージュがいたが、いま地雷原になっているアンコール・トムも静寂そのもの、ライ王のテラスに聞こえるのは鳥の声だけだった。

ポル・ポト派は、その平和な国をキリング・フィールドにした。そのポル・ポト派を追い払ったのはベトナム軍で、その庇護を受けているのが現プノンペン政権である。だから現プノンペン政権が、選挙で勝つのに決まっている。だが負けると決まっているポル・ポト派は当然の戦術として、選挙という「一種の戦争」に抵抗しないわけがない。自由で公正な、日本人が想像するカンボジアの選挙なんて、最初から夢マボロシだったのである。

夢マボロシと分かっていても、平和への第一歩はカンボジア人民のために踏み出さねばならない。それを了解しているからこそ西アフリカや南米の国までがＰＫＯ要員をカンボジアに送った。危険は覚悟の上である。

選挙が近づくにつれて、ポル・ポト派は焦っていた。西部バッタンバン（カンボジア第二の町）から西北部アンピル（高田さんが殺された現場）あたりはポル・ポト派の支配地域で、彼らの背後には一説にタイ陸軍がいる。これまた通常の常識を超える陸軍で、バンコクの文民宰相には手が出せない。軍隊のくせに銀行やテレビ局を持ち、黄金の三角地帯のアヘン生産が根絶されないのもタイ陸軍の資金源だからという噂さえある。

ポル・ポト派支配地はダイヤモンドやサファイアを産する。それが国境を越えて世界各地に散らばる前にタイ陸軍を潤していると、これも噂である。宝石の代価は、金《かね》で支払われるわけではない。東南アジアには、いま武器が唸っている。高田さんを殺したB40ロケット砲も恐ろしい火器で、あんなのにやられたら人間はひとたまりもない。ほかに彼らは一二二ミリ砲や一二〇ミリ迫撃砲を持っているという。ベトナム戦争中でさえ重火器だった。戦車を持っているという話さえある。いずれ金儲けに忙しい中国か、武器以外に輸出する物のないロシアが売ったのではないか。指揮をとるポル・ポトはタイ領に住み、四輪駆動車を三台持っているという。

ＰＫＯの各国軍隊は、それほどの重装備のポル・ポト派に軽火器で対抗しようというのだ。文民警察官に至ってはピストルしか持っていない。軽装で冬山に登るようなものである。しかも自衛隊は専守防衛のアーミーだから、個々の隊員が正当防衛で撃つのはいいが、隊長が「撃て」と命令してはいけない。ただし「止め」はいいのだそうである。

カンボジアの各国PKO隊員は、すでに五十数人が死んでいる。世界各国では、これまでに八百人を超える犠牲者を出したという。

カンボジアはまだましで、レバノンなど首都ベイルートは市街戦だったから、もっと絶望的な平和維持だった。キプロスは三十年も前からギリシャ系とトルコ系の住民が対立反目し、全く解決の兆しがない。国連に加盟している国々は、とうの昔から汗どころか血を流して国際平和のために働いてきた。

繰り返すが人命は貴重である。どうぞ誤解しないでほしい、中田さんと高田さんの死は、まことに痛ましい。だが国際的常識からいえば、二人くらい殺されたからといって何をワーワー騒ぐのか。

ジョセフ・ヘラーに有名な『キャッチ22』という小説があって、主人公はイタリアの基地から発進する米空軍パイロットである。出撃すればドイツの戦闘機に撃墜されるので怖い。命令を逃れる方法はただ一つ、自分が精神病であると隊長に申告することだけだ。ところが、その申告書を書けるほどの者は精神病者でないと判定される。逃れる道はない。
日本のカンボジアPKO派遣は、それに似ている。自衛隊が行くには五原則、なかでも停戦合意が成立し、カンボジアが安全でなければならない。だが本当に安全なら、清水建設や大林組が行ったほうがずっと立派な道路が出来るのである。軽火器といえども武器を持ったアーミーが行くからには現地が完全に安全でないからだが、五原則は安全でなければ行かせないと言っている。さいわい明石代表が日本人で、日本の特殊な憲法論議に理解があるから、派遣先タケオというおんば日傘の扱いをしてくれているのである。

ベトナムでも、私は同じような〝安全逆説〟を経験したことがある。サイゴン陥落の一週間ほど前に、日本大使館の案内が各新聞社の支局に回ってきた。在留邦人救出のために日航機がサイゴンに来るから搭乗希望者は名前を書け、切符代は帰国後必ず邦貨で支払うとその誓約もせよというのである。私たちはみな腹をかかえて笑った。

日航機が来るためには、サイゴンのタンソンニュット空港が絶対安全でなければならない。だが空港が安全なら、他のエアラインも発着しているから、べつに日航のお世話になる必要はない。他のエアラインが飛べない状況になったら、日航機は絶対に来っこない。「要するにこれはアカンわ」と言って、誰も相手にしなかった。案の定、空港はサイゴン陥落二日前に砲撃され、日航機は私たちを救いに来てくれなかった。絶対安全を求める者に行動はないのである。私は米海兵隊のヘリで、難民とともにベトナムを去った。

さっき述べた「凡人の幸福」と共通するが、絶対安全なことしかしない国は、国際社会の一員として一人前といえない。国連安保理の常任理事国にせよなどと要求するのは片腹痛い。そばづえくう覚悟がなければ他人の喧嘩の仲裁などできないものである。それとも世界にどんな喧嘩があっても、放っておけというのか？　わが身大切、一年に千二百億ドルもゼニを儲けているから？　それは一国平和主義どころか、守銭奴の論理ではないだろうか。

同胞二人の死を悼むあまり、私はどうも具体的なことがなおざりになっているような気がする。たとえば高田さんが現地食を食べていたと聞いて、私は驚いた。岡山県警や警察庁は、この包装技術の発達した時代に、なぜCレーション（携行食糧）のようなものを送らなかったのだろう。あれは実に不味いものだが、少なくとも下痢を起こさない。また、不意のときパッと伏せる訓練はしたのか。

なぜ防弾チョッキ《フラック・ジャック》を着ていなかったのだろう。ベトナム戦中の最激戦だった一九六八年のテト攻勢のとき、私はユエの戦闘を取材に行ったが、鉄カブトと防弾チョッキがなければ怖くて前線など行けたものではなかった。あのときはサイゴンのヤミ市でも鉄カブトは品切れで、米軍広報部へ行っても「前線で拾ってくれ」と言われ、フーバイの近くで死んでいるベトナム兵の顎《あご》をちょっと押さえて拝借した。だが、あの土間に鉄のベッドを並べ、男も女も入れ込みのダナンのプレスセンターで、脱いで横に置いてもなおちゃんと胸の形に立っている防弾チョッキに「あすはよろしく」と目礼してからでなければ眠れなかった。防弾チョッキは、警察機動隊だって着けているではないか。

高田さんと負傷した日本の警官四人は、オランダ海兵隊に護衛されていた。

これもベトナム戦中の話だが、前線に出るときはなるべく米兵と同じ服装をするようにと教えられた。教えられなくても、サファリ・スーツの上に防弾チョッキと鉄カブトを被れば、米兵と似たような格好になった。そのほうが危険が分散される。ちょっと異なる格好をしている奴がいれば、銃口が自然にその方に向く。それが待ち伏せ攻撃時《アンブッシュ》の狙撃者の心理だそうである。

犠牲者が出てからでは遅い。だが、どんなに遅くても、改善しないよりましである。私は、あのベレー帽はいますぐヘルメットに替えるべきだと思う。

右のような具体的なことを問題にせずに、私は日本の新聞が二人の死の政治的な意味合いだけを、むやみに大きく取り上げているという印象を受ける。プノンペンで村田自治相を囲んで文民警察官の中から「何人死んだら帰れるのか」と質問が出たとか出ないとか騒いでいるが、私は全くのカラ騒ぎだと感じている。

激昂してそれに類することを言った人がいるかもしれないが、その発言をした瞬間のニュアンスは、同じ言葉が日本で論評されるともう失われてしまう場合がある。国会で取り上げるほどの問題ではない。

ただし（国際的に見ての話だから、言葉尻を捉えないでいただきたいが）日本人の生命の値段だけが、世界でとりたてて高いわけではない。国連へのあまりにも執拗な申し入れは、差し控えるべきである。

ベトナム戦争では多くの日本人ジャーナリストが死んだ。私が一緒に飲んだことのある友だけを数えても、日経の酒井辰夫、カメラの峯弘道、沢田教一、若林弘男、一ノ瀬泰造……なぜあんなにいい男ばかりが死んだのだろう。沢田さんと私は激戦中のユエを見たたった二人の日本人ジャーナリストだが、香河《フオン》の手前で取材した私と違って、沢田さんは実に彼我《ひが》百数十メートルを隔てて撃ち合った現場にいて、猛烈な戦闘を広角レンズで撮影した。それは勇気であり献身であり使命感であって、ミエやメンツではなかった。

右に挙げた以外にも五人か六人の日本人記者が死んでいるはずだが、私を含めてベトナムに行ったジャーナリストの中で「何人死んだら帰れるのか」と本社に問い合わせた者は一人もいないだろう。私自身、家族の待つバンコクに帰る（輸送機と違って窓があるから）明るい旅客機の機内で「そうだ、俺には家族があったのだ」と思い出したものだった。

「何人死んだら」と訊いたという文民警察官を、腰抜けと罵りたいためにベトナムの昔話を出したのではない。仮にそれを村田自治相に言った文民警察官がいたとしても、決してそれは内地の評論家や国会議員が解釈するニュアンスで言われたのでないことを私は知っていると言いたいのだ。

任務というものがある。マトモな男なら（女だって同じだろう）途中で任務を投げ出して現場から逃げて帰るようなことをしない。ミエやメンツといったケチな根性からではない。それは、ほとんど本能的ともいえる意志だが、あえて説明すれば、何事かをなさねば人間の生命には何の価値もないことを、真面目に生きようとする者はみな自覚しているからであろう。

高田さんが亡くなったとき、たまたま日本にいたシンガポールのゴー・チョクトン首相は、こう言った。

「日本は、ＰＫＯを派遣するに当たり危険は承知していたはず。カンボジアにピクニックに行ったわけではない。今後独自の判断で同地から撤退を決めた場合、経済大国の日本が国際的な役割を果たさない、ということを意味する」「ポル・ポト派の攻撃でパニックに陥ってはならない。攻撃に屈したり、人材を引き揚げたりすれば、国連のＰＫＯへの信頼が失われる」。

同首相はこう指摘し、日本は最後までカンボジアにとどまるべきだとの見解を明らかにしたという（「東京新聞」５月11日）。

これは日本の内政に干渉しているのでも何でもない。人に任務・使命があるように、国家にも人命尊重を超えた任務・義理があるという基本的認識の上に立った発言である。商人国家シンガポールの首相にして、なおこの言葉がある。ゼニならいくらでも出します、危くなってきたからお先に失礼というわけにはいかないのである、人も国も。

日本の軍隊が本来の軍事目的でなく諸外国と力を合わせて戦った先例に一九〇〇（明治三十三）年の北清事変、いわゆる義和団の乱がある。このときの切迫感は今日のカンボジアの比ではなかった。排外運動集団・義和団は北京の各国公使館を包囲し、清朝もまた列国に対し宣戦を布告した。ドイツ公使と日本人外務書記生が殺された。

包囲下の外交団を救うべく、日本兵八千を含む八カ国の連合軍は天津から北京に向かい、困難な作戦のすえ約二カ月後に公使館を解放した。歩兵大尉安藤辰五郎らが戦死した。清澤洌《きよし》によると「日本が外国軍隊と共に武器をとって戦ったのはこれが最初である。しかもその軍規の厳格にして勇敢なることは何国も認めざるを得ないところであった」。その証拠に、後日どの国の軍隊が最も勇気があったかという話になるたび、各国の外交官は常に自国の軍隊を第一に推したが、第二には必ず日本軍を挙げたという(『日本外交史』上)。

戦前の全否定から出発した戦後日本の文化は、こういう人命救助の勇気さえ否定する。その一例が、日本はたとえ世界の時流に逆らおうとも不戦の理想を貫くべきだ、いまこそ危険なカンボジアからPKOを引き揚げ、世界に日本国憲法の美しき理念を知らしめよといったたぐいの議論である。

いくら世界に知らしめようとしても、それは全世界の失笑を買うのがオチであろう。なぜなら日本が憲法第九条を守り得たのは、アメリカ軍が日本に駐留し、日本の安全を維持してくれた(つまりPKO?)からである。戦後日本が不戦の誓いを掲げて丸裸で暮らした日なんて、一日もなかったのである。

湾岸戦争のときは、あまりにも鮮かに多国籍軍が勝ったものだから、進歩的文化人のあいだに妙なサダム人気が起こった。しかしレッキとした独立国であり、ほかならぬイラクが（独立国と認めて）大使館を置いているクウェートを占領したのである。国際的な法と秩序を重んじる上からも、各国が力を合わせてイラク軍をクウェートから追っ払うのは当然ではないか。サダム・フセインへの同情は、オーストリアを取りチェコを併合したヒトラーへの共感と異ならない。

カンボジアの平和維持に国連が乗り出したことについても、国連というものの実体に関し、さまざまシニカルなことが言われた。しかし国連が世界の安全と平和を維持するための隣保組織であり、カンボジア内戦の全当事者が平和の回復を国連に委ねたのは揺るがしがたい事実ではないか。同じアジア人の生命を守り、あの国の人々が安全に暮らせるようにするため、汗を流し若干の血を流すのは当然の義務ではないだろうか。PKO派遣に当たっての五原則は、あれはモノの分からない人々を説得するための「永田町の妥協」にすぎない。だいたい安全が保障されているくらいなら、平和を維持する外国部隊が行って選挙を監視する必要などないのである。

そんなことより、私は日本の選挙監視要員が、日本の自衛隊にではなくフランス軍に護衛されることのほうが心配である。日常これほど英語を使っている日本人が、英語の「フリーズ」を知らなかったために落命しなければならなかった。フランス語で「伏せ！」と言われて分かるのだろうか、心配でならない。

国連停戦監視委員として来ていた明石康氏と、一カ月にわたってプノンペンの同じホテルに住んでいたころ、私たちは夜な夜なインインたる砲声を聞いた。それはベトナムの「オウムのくちばし」で行われている戦闘の音だったが、私たちはそれを聞きながら熟睡した。砲弾の犠牲になっている「地球より重い」人命のことを思わなかったわけではない。日本ほど徹底して平和な国は、世界にそうたんとはない、世界には砲声を聞きながら眠る国もある、というだけの話である。「日本経済新聞」の論説主幹・市岡揚一郎氏も、同じようなことを書いている。プノンペン市はどこにポル・ポト派がいるのかと思うくらい賑わっている。花嫁花婿が記念写真をとっているし、夕暮れの公園には恋人たちの姿がある。ところが、これが日本の新聞によると危機に立つ国ということになる。「世界一安全な国に住んでいる日本人には、平和か、さもなくば戦争かの感覚しかない」からだと市岡氏は言うのである。

半世紀近く、日本人は戦争というものを、直視どころか考えるのさえ避けてきた。口から平和と安全という糸を吐いて美しい繭《まゆ》をつくり、寒風吹きすさぶ外界を見なかった。これからカンボジアにより、モザンビークにより、私たちは少しずつ学んでいくだろう。それこそ「アリの一穴」かもしれない。

市岡氏は、日本人に向かってこう提言している。

「PKOに参加しながら、中立的な存在のUNTACに対し日本人要員の安全のみを迫り、入れ代わり立ち代わり政治家の視察団を送って現地を困惑させる日本。国際貢献が転じて、国際攪乱《かくらん》になっている事実に少しも気がついていない」（5月19日）

日本人二人が死んで「このような事態を想定しておくべきだった」と国会で政府を追及した議員がいたが、それこそピクニックじゃあるまいし、紛争を抱える国に何が起こるかは誰にも予想できないのが（日本以外の）世界の常である。

「成敗利鈍（成功するか失敗するか）に至りては臣のよく予め観《み》るところにあらず」

知慧のかたまりのような諸葛孔明でさえ、出師（出兵）のときは成功か失敗かを予見できなかったのである。憲法や原則によって現実を縛るのは、賢明な策ではない。

曾根崎署の幻

十三階段は、死刑台に通じる階段である。東条英機ら七人のA級戦犯は、昭和二十三年十二月二十三日の早暁、巣鴨拘置所の十三階段を上って絞首刑になった。そのとき旧制高校生で、朴歯《ほおば》の下駄を鳴らし紅萌ゆる岡の花など放吟しつつ京洛の大路を逍遥していた私も、新聞に出た短いが陰鬱なニュースを見た。

戦犯に限らず人間いかに悟達しようと、死ぬのはやはりコワイ。一段ずつ階段を踏みしめる。断ちがたい現世への執着を断ち、処刑一瞬の苦痛の後に待つ来世の平安へ心を切り替え、覚悟を決める。長すぎても短すぎても適当でない。キリスト教では不吉な数字だが、誰が考えたのか十三の階段は、ちょうど程よい段数である。

かつて私が日ごと上り下りした十三階段は、それほど厳粛なものではなかった。十三段を上った先に、絞首台よりは冷厳さにおいてやや劣る留置場、通称ブタ箱があった。それは大阪駅および「キタ」と呼ばれる繁華街を管轄する大阪府警曾根崎警察署の表玄関である。時はA級戦犯処刑から八年後、私は入社四年余でサツ回りを命じられた新聞記者だった。

昔の警察は悪者を畏怖せしめるため、わざと入口に物々しい階段を設け、警察側から見れば潜在的犯罪者である庶民を高みから睥睨《へいげい》していた。今日バリアフリーが流行《はや》っているが、そのころの世間は建築学的にも心理的にも「バリアフル」だったのである。

事件だ、クルマまわせ！　と社会部に電話すると、三分以内に北やん（本名・川北某）運転のスチュードベーカーが社旗はためかせながら来て、交通規制も渋滞もない時代だから曾根崎署の前で大きくUターンし、ピタリ階段の下に付ける。十三階段の頂上に立つ私は、待つや遅しと駆け下りて、北やんの隣に這い込む。

「天六の先やねん」

「よろしおま」

それだけで話は通じ、私はたちまち天神橋筋六丁目の先なる現場へと赴いた。ほぼ五十年になる昔の話。新婚まもない妻のところへ、御近所の奥さんが手柄顔で「今朝、お宅の旦那さん、大きい自動車に乗って、大阪駅前を走ってはりましたわ。偉いもんでんなあ」と報告に来た時代のことである。

テレビ以前の話だから、曾根崎署回りの記者は活字メディアの四人か五人しかいない。S紙は、Kさんという年嵩《としかさ》の人だった。そのトシで、なぜ駆け出し向きのサツ回りをするのか、社内事情は不明だが、名門市岡中学の外野手として中等野球の甲子園に出たことのある元「球児」Kさんは、新聞記者をしながら母校・関西大学野球部のコーチを兼ねていた。シーズンになると、ときどき曾根崎警察（記者仲間の符丁ではネソ）から消える。きょうもコーチやってんのかなと思っていると、夕刊の〆切りギリギリにフラリと現われ「何もなかったか？」と訊く。

「ありました、交通事故。二重衝突です」

「それ、教えてくれぇ」とKさんはポケットから手帳を出す。

私は自分のメモ帳を開き、事故の時刻、場所、状況を読み上げる。Kさんは彼のメモ帳にそれを書く。新聞記事を書いた経験のない方は御気付きないだろうが、車と車の衝突なら記事は簡単だが、衝突したところへもう一台が突っ込めば、話が少しややこしくなる。書き方に工夫がいる。そもそもKさんは、「三台」の車が関係する事故をなぜ「二重」衝突と呼ぶか、なかなか呑み込めない方だった。しかも、いまノック・バットを置いてきたばかりである。記事の〆切りは近い。メモをとって記事を考えているうちに、だんだん混乱してくる。ついにKさんは叫んだ。

「ええい面倒くさい。文章で言うてくれ、文章で！」

私は命じられた通り「ほな行きまっせぇ。×日午前×時頃、北区×町何丁目の道路で……」と、文章にして読み上げる。Kさんは公廨《こうかい》の真ん中に立ったまま警察の電話をつかむや否や、聞いたままを自分の記事として自社の社会部へ吹き込む。そういう訳でS紙の夕刊には、ときどき私のとよく似た記事が載った。なお公廨とは大阪府警独特の用語らしく、警察署に入ってすぐの、カウンターのある大部屋を指す。落し物その他の届け出から人を殺したときの自首まで、諸事万般を受け付ける広い部屋のことである。一番奥のカナメの位置にある机に、署の次長が座っている。

何ぼ何でもサツ回り十年以上とは可哀想やと上の人が気付いたのだろう、Kさんは間もなく松山支局長に抜擢され、栄転した。ヒラから一挙に支局長！　サツ回りの最中に、社からの電話で昇進内定を聞いた彼は、世話になった中央方面各署の刑事係に「このたび松江支局長になりますねん」と、挨拶して回った。みんなが、我が事のように喜んだ。

ところが南署の刑事課長だけは、すでにS社の本社の誰かから、Kさんの大抜擢とその異動先が松山支局である旨を聞き込んでいた。胸を張って挨拶に来たKさんに、課長は言った。

「Kさん、あんたの行き先は松山でっせ」

「そんなこと、あらしまへん。ちゃんと松江や言うとりましたがな」

「ウソやと思うなら、本社に電話してみなはれ。自分の行き先間違うたら、どんならんがな。えらいことになりまっせ」

警部は机上の電話機を指差した。彼の目の前で本社にかけたKさんは、静かに、やや悄然と受話器を置いて呟いた。

「間違うてました。松山でした。海外ですわ」

何はともあれKさんは、サツ回りを卒業した。彼のためには、めでたい人事異動だった。


ネソ回りの中にもう一人、ちょっと毛色の変わった記者がいた。Y社のYさんである。私などより少し年上、もう三十代の人だった。どう毛色が違うかというと、彼だけは大阪弁を喋らなかった。テレビが標準語を日本中に広める前だから、彼の東京弁は異様に聞こえた。またYさんは、ほとんど取材ということをしなかった。気の向いたときだけ車で二つか三つ警察をグルグル回り、そのままどこかへ行ってしまう。だいたい朝が遅い。ただ月に一度か二カ月に一度、私が九時過ぎにネソに入っていくと、Yさんは次長席の横の椅子にかけてボンヤリしていた。見るからに手持ち無沙汰である。

「Yさん、早いですね。どうしはりました？」

「いや、なに、正力が来たんだよ。大阪駅まで早朝のお出迎えってわけさ。ヤツはこちらに知った者がいないんでね」

驚いた。正力松太郎といえばY社の社主である。絶対的な帝王だと聞いている。Y社の大阪本社は東京本社とは別会社で、東京に比べれば社員の待遇も落ちる。甚だしい東京偏重の社風だそうである。正力が来るのなら、重役以下多数が大阪駅頭へ出迎えに行っているはず。ヒラ記者のYさんが、早起きして行かねばならないんだろうか？　それにYさん、ホントに正力を知っているのか？　遠くから目礼するだけじゃないんだろうか？　私など、自社の社長の出迎えはおろか、顔を見たことすらない。

Yさんの少しニヒルがかった風貌と物腰には、ゆえあって親分から勘当され、長い草鞋《わらじ》をはいている兄ィという感じがあった。何でしくじったのか、親分の勘気が解けるまで、捨て扶持《ふじ》もらって大阪でくすぶっている。ただのヤクザではなく、落魄《らくはく》の渡世人。次郎長が大阪で駕籠《かご》から出ると、平つくばる大政小政のはるか後方で、片手を上げて親分を拝んでいる遠州森の石松。まあ、そういう役回りのように思えた。

事件もなければ事故もない、世の中無事平穏、記事になるものが何もない、という日がたまにある。朝のうちから幼稚園回って美談を拾いに行くのも億劫だ。そういう日には、われわれは何となくネソの記者室に集まった。

中央官庁の記者クラブのような、大層な部屋ではない。十三階段を上って公廨に入るとすぐ右手に、畳を敷けば六畳くらいの小部屋がある。それがネソの記者室である。机一つを囲んで椅子が五つか六つ。茶碗も薬缶もお茶もない。ネソの内線電話すら入っていない。

「やるか?」と誰かが言い出し、誰かが応じれば、いずこからともなく花札が現われ、コイコイが始まる。ケツに敷いていた座布団を机の上に置いて、それが賭場になる。

昼間のバクチはあっさり終わるが、ときには深夜、朝刊の〆切り前にメンバー全員が記者室に集まることがある。コロシか何かでサツ側の発表待ち、などというときにそうなる。被疑者の自供が手間取り、コイコイは延々と続く。発表があり、それを送稿した後も続く成り行きになる場合がある。KさんやYさんらベテラン記者は、車で自宅まで送ってもらえるが、われわれ若僧の乗る終電は、とっくに出てしまっている。仕方なくコイコイで夜の明けるのを待つ。署内は静まり返り、コイッ! と叫ぶ声はドアを突き抜けて公廨に響き渡る。ときには刑事が記者室を覗いて、言う。

「ちょっと大人しゅうやってもらえまへんか。すんまへんけど、いまバクチの被疑者、連れてきまんねん」

その間だけ、われわれは声を潜めた。低い声で気合を入れつつ、ボロ座布団に思いきり花札を叩き付けると、布団から一瞬ポッと小さく埃が立つ。薄暗い電灯に、その埃がハッキリ見えるようになると、夜明けは近い。


そういう記憶のこもった十三階段が、消えてなくなっていたのである。久しぶりに大阪に行って、曾根崎署のあるべき空間を見た私は、目を疑った。感傷に駆られて言うのではない。ネソは万古不易のものだと思い込んでいた。昔よくあった鉄製の貯金箱のように、ネソの建物は十三階段を含め、壊そうとしても絶対に壊れない、頑丈な建物に見えた。

あれを壊したんだろうか？　まさか。私は半信半疑でネソに近付いた。行ったというより、ほとんど吸い寄せられた。

遠くから見た通り、十三階段はなかった。歩道からバリアフリーで入っていける場所に、普通のオフィスの入口と同じような入口があった。久しぶりや覗いたろと思って入りかけると、「ちょっと、ちょっと、どこへ行きますか」と、私を呼び止める者がある。

私服の巡査が立っていた。

「どこへ行くいうて、ちょっと公廨まで」

「用事は？」

「べつにありません。ボクは五十年ほど前にこの警察を回っていた新聞記者です。当時の署長は岩井寿九郎、通称ジュクやん。刑事課長は島津。昔は、誰にも咎《とが》められずに署長室まで行けた」

「そんなこと言われても、あんた、時代が違いますよ」

「なぜあの頑丈な曾根崎警察署を壊したんですか」

「そら、あんた、調書とってる最中に鉛筆を机の上に置いたら、コロコロと転がり落ちまんねんがな。建物全体が歪んでました。そこらじゅう地下鉄や地下街、掘りまくりましたさかい」

「はー、あの建物が傾きましたか。私がここ回ってたのは、権善五の事件のころですわ。東海銀行ギャング事件。そのときはまだネソの本番ではなかったが、宮城道雄さんが死んだときはネソ担当の本番やった」

「さよか。古い話でんな。ミヤギいう人は知らんけど、私はこないだ東海銀行事件の新聞記事を読みました。あんた、あれは人権侵害も甚だしい書き方ですよ」

「驚いたね、警察官から人権侵害を批判されるとは。普通は警察が侵害して、私らが暴く側ですよ」

「いや、あれはヒド過ぎます。在日はみなワルもんや、いう書きかたやし、被疑者は呼び捨てにしてるし」

「そら、あんた、現行犯やから当たり前ですよ」

「きょう日は、そうはいかんのですわ」


権善五の事件は白昼ピストルを使った銀行強盗だった。彼はたしか、まず近くの交番の巡査を射殺し、北浜の東海銀行支店に入って四百万円の札束を奪い、通りがかった車を止めて柴島《くにじま》浄水場の近くまで逃げ、運転していた人を射殺して広い浄水場の中へ逃げ込んだと思う。一大捜査網が敷かれ、警官隊との間に撃ち合いがあった。

夕方になって刑事が物陰に潜む権を発見、格闘してねじ伏せた。犯人が取り押さえられた、もう大丈夫と見た次の瞬間、刑事の上からかぶさって犯人にいっそう圧力をかけるという形で、「逮捕に協力」した巨漢の新聞記者がいた。それほど警察も新聞も、興奮し狂奔した数時間だった。権は死刑判決を受けた後、刑務所で病死したと聞いた。私は第一現場へ走っただけの端役だったが、あの社会部挙げての興奮の中で出来上がった記事は、さぞ人権お構いなしだったに違いない。いま読めば、刑事も呆れるシロモノだろう。

宮城道雄さんが亡くなった日の方は、年表に出ている。昭和三十一年六月二十五日。私はネソ担当、さきに言ったいわゆる本番で、従って曾根崎署の手がける管内の事件を他社に抜かれれば、責任を問われる立場にあった。

東京と大阪の間は夜行列車で行くのが常識だった時代である。宮城さんは寝台列車で大阪に向かっていた。その日午前三時ごろ、愛知県・刈谷《かりや》駅を通過したところでタラップから転がり落ち、病院に運ばれたが亡くなった。昔の汽車すなわち国鉄の長距離列車には自動ドアがなく、うっかりデッキの戸を手で引けば、そこはもう列車の外だった。宮城さんは寝台から出て便所に行こうとしたが、便所のドアと思ったのが外に出るドアだったので、半睡半醒のまま転落したらしい。死亡に至る経緯は、そのように説明された。

宮城道雄といえば箏曲《そうきょく》の第一人者である。正月元日、ちょうど日本全国の家庭が屠蘇《とそ》を祝っている時刻にラジオから流れる曲は、毎年きまって、彼の演奏による「春の海」であった。いわば日本に正月を運んでくる人である。門弟は宮城会をつくって、全国いたるところにいた。「水の変態」という美しい曲の作者でもある。線路の脇に転がっているのを薄明の中で貨物列車の運転士が認め、轢死体らしいものがあると刈谷駅に報告したので救助隊が行った。レールの傍らに横たわる宮城氏はまだ生きていて、姓名を名乗り、担架の上で「病院はまだですか」と訊いたほど意識があったが、頭部挫創のため病院で落命した。以後何年も、長距離列車が刈谷駅に着くごとに「春の海」がプラットホームのスピーカーから流れた。

幼時に失明して全盲の宮城氏が、便所と間違えて車外へのドアを引いて踏み出すはずがないと、同行中の女弟子が疑われたこともあった。だが、それは後日のことである。日本中が敬愛している箏曲家の死は大ニュースではあるが、大阪駅を管内に持つ警察署にはまず関係がない。私はいつものように中央方面のサツ回りを済ませ、ネソの公廨に座っていた。A新聞の記者が入ってきた。

「あー、しんど。きょうは朝からよう働かされた」

「何かあったんか?」

「宮城道雄は死んだけど、彼のお琴が大阪駅に着いたんや。物言わぬ、主なき琴の御到着だよ。旭区の琴屋を探し出して、夕刊に一本書いてきた」

「そうか。そらネタになるわなあ」と相槌を打ちながら、私はひそかに「これはいける」と感じた。感情を込めて巧く書いたら、夕刊の社会面トップにいけそうなネタである。

A新聞の記者が遠ざかるのを待って、私は我が社の社会部デスクに電話した。夕刊の〆切りまで三十分ほどという、きわどい時間帯である。

A社はもう夕刊に入れたそうですけど、と私の報告を聞いて、デスクはピンと来た。たちまち北やんの車が来て、私は旭区某町へすっ飛び、そそくさと取材するや公衆電話に飛びつき、原稿を勧進帳で送った。メモした住所氏名など簡単なデータだけをたよりに、宙《そら》で文章を作って電話送稿することを、当時の記者は「勧進帳」と呼んだ。緊急時だけに使う、奥の手である。

阪急梅田駅の売店でA紙の夕刊を買い、恐る恐る社会面を開くと、お琴の記事は不思議や載っていなかった。宮城氏についての各方面からの記事が多すぎ、ネソ記者の書いたものは紙面から溢れ出たのだろう。皮肉にも彼から無断でネタを頂戴した私の記事は、社会面の真ん中に大きく出た。デスクというのは、〆切りギリギリに入ってきた情報を、大ニュースだと勘違いしてしまう癖がある。その好例だった。

それから半世紀ほどの時間が過ぎ、宮城道雄の名さえ知らない私服巡査は私を曾根崎警察署の中へ入れてくれた。昔よりずっと狭いが公廨に似た大部屋があり、壁に歴代署長の写真が並んでいる。私は老いた退職刑事のように腰を伸ばして見上げ、わが時代のジュクやんの雄姿を発見した。その傍の壁に昔の曾根崎署の外壁が、半畳ぶんほど切り取って貼りつけてあった。

嫁が実家に戻ったわけではないから、べつに感傷も感慨もなかった。ネソも過ぎ去った、自分もまもなく過ぎ去るだろう、あの頃はペレス・プラドが流行《はや》ってたなあ、と思い出しただけである。

ネソを出て、ちょっと地下街へ降りてみた。私の時代には存在しなかった、つまり曾根崎署が傾く原因になった地下街である。地上よりずっと混雑している。みな急ぎ足に歩いている。社会学者の観察によると、大阪人の平均歩行速度は世界で最も速い。むろん東京人の速度との間に、はっきり有意の差があるという。大阪の人間は、せかせかと歩く。

私は人ごみの中を、戦前からの地下道のある方へ、ゆっくり歩いていった。私は半盲で、見える方も視神経が半ばやられているから、そろそろとしか歩けない。するとたちまち、社会学者の観察を立証しようという集団的意志の結晶なのか、東京ではしない体験をし始めた。

　前後左右から気ぜわしそうな歩行者が来て、私にぶつかるのである。後ろから来て私のすぐ右側を追い越しざま、私が右手でついている杖を蹴り上げ、私の右前で九十度方向転換して私の進路を横切り、左の方へ歩いていく者がいる。杖を蹴とばすのが目的としか思えない、信じられない歩き方の人がいる。視覚障害者はみなそうだが、私も人に当たるや間髪入れず「すみません」と、こちらから謝る。ところが大阪では先に謝っても、誰ひとり「あ！」とも答えてくれない。無言で蹴り、無言で去る。

　誇張ではない。百メートルそこそこ行く間に二、三度またはそれ以上、頼りとする杖を無言で蹴られた。怖くなった。野蛮人の棲む国に来たと感じた。額に脂汗の浮くのが分かった。選りに選って生まれ故郷で、こんな仕打ちに遇うとは。

　文句の言って行き場がない。私は蝸牛《かぎゅう》の歩みで、勝手知った地下道の方へ進んでいった。戦前に小学校への登下校に通った地下通路まで来て、やっと少し落ち着いた。地上に出るエスカレーターに乗り、やれ嬉しや無頼街区を通り抜けたと、左手でベルトをつかんで安堵の吐息をついた。次の瞬間、私は後ろから来た若い男に突き飛ばされた。大阪では、エスカレーターに立つ位置が、東京とは左右が逆だったのである。

　早くホテルに帰って、部屋で休もう。そのためには、大阪駅東口と阪急百貨店の間の広い横断歩道を渡らねばならない。戦争末期、空襲警報下を西大阪にある鉄道用品庫へ、毎日通った横断歩道である。勤労動員された中学生の私は、佐藤栄作大阪鉄道局長の下で鉄道員として働いていた。NHKがよく映す渋谷のような、大横断歩道である。昔も今も赤信号になると、両側に黒山の人が溜まる。

これを渡ればホテルはすぐだ。群衆に混じった私は、これも視覚障害者の常だが、虚空を探って前方の歩行者用信号を確認した。そのとき、ふと妙なもののあるのが目に入った。

広い横断歩道の向こう側の左上に、歩行者用信号がある。いまは赤である。だが、その赤信号の右横に、赤く輝く数字が出ている。それがゼロに向かってカウントダウンしていくのが見える。目を奪われて眺めているうちにも、数字はどんどん減っていく。えっ？　あれ、なんやろ？　目が釘付けになった。まもなく信号が青になって人々が一斉に動き出したが、私は驚きのあまり足が前に出なかった。青信号を一つ遣り過ごし、目を凝らして観察を続けた。

カウントダウンは六十五秒前から始まる。60秒、55秒、50秒と、五秒刻みで減っていく。20、15、10、5…ゼロになると同時に数字は消え、歩行者用信号が青に変わる。だがカウントダウンを見上げる群衆は、数字が30あたりになる前後から集団のエネルギーが高まり始める。ジワーッと群衆全体の気分が前へ傾き、フライング気味に動き出す。そしてカウントダウンが消えるか消えないかのうちに、堰を切ったように車道へ踏み出す。その呼吸、まるでオリンピック百メートル決勝のスタート・ダッシュである。

ははァ、これが大阪というものか。勘の鈍い私も気が付いた。梅田は大阪一の大ターミナルで車も多いが、赤信号も終わりごろになると、前を横切る車の数はやや減る。車がおらなんだら、信号が何色であろうと渡ってかめへんやないか。そう考えるのが大阪人特有の理屈というか意識下を支配する意識である。従って人間のマッスがジワジワと前へ、にじり出る。ついには先頭の人が押し出され、青信号に安心し「はよ渡ったろ」とスピードを上げて走ってきた車にはねられる。

私の推測だが、実際にそういう事故が何度もあったから、曾根崎署の交通係が知恵を絞って、歩行者用信号の横にカウントダウンを付けたのだろう。しかし、あと何秒で横断歩道の信号が変わりまっせ、もうちょっと待ちなはれ、人間辛抱が肝心でっせと、歩行者を押し留める町が、世界に二つとあるだろうか。大阪に倣《なら》った町はあるかもしれないが、カウントダウンを設置したのは大阪が元祖ではなかろうか。

大阪弁では「おまえ、イラチやなあ」と言う。大阪に住む人々は、世界でも希《まれ》なほど苛立ちやすいのであろう。杖をたよりに歩く盲者をも容赦しない、あの強烈な突き飛ばし。その背後にあるエゲツナイ損得意識。一刻も早う、一銭でもぎょーさん儲けたろ、儲けな損やという精神。ソロバンずくの人生観。それが信号の変わるのを待つ間も胸の内に燃えているから、大阪人はせかせか歩き、おとなしく青信号を待てないのだろう。

歩行者用信号が青い間は、カウントダウンの数字は消えている。赤になると同時に、また65から数え始め、数え下っていく。私は一つ待って二つ目の青信号で向こう側に渡り、ホテルに向って歩きながら考えた。我が人生もまた、このカウントダウンのある横断歩道に似ている。身はこちらの岸にあるが、このトシだから遠からず彼岸へと渡るであろう。生きている者の目には見えないが、三途の川の手前には生者一人当たり一基の信号が立っていて、それが赤く輝きながら残る人生の持ち時間を刻々カウントしている。私の場合、残る年数はもう10か5、いや5以下かもしれない。いやいや、そういうことを言い出すのなら、人生そのものを死刑台に上る十三階段に譬えた哲学者もいた。

5と出た数字が消えるのを待ち構えて踏み出し、足元が濡れるのを構わず浅い静かに淀んだ川を渡ってしまうと、そこには一足先に彼岸へ渡ってしまった妻が、海老茶色のプリメーラを川岸に停めて待っていることでしょう。思えば生前何十度いや百度以上も、彼女はそういうふうにＪＲ港南台駅の裏手に車をつけ、一日の労働に疲れた私を拾ってくれたものでした。「あ、ありがとう」彼女が生きてたときと同じように、私はドアを開けて彼女の隣に滑り込みましょう。

もう少しの辛抱です。生きている限りは喜怒哀楽、食事の心配、原稿の〆切りや税金の納付期限その他から解放されることはないのだから、愚痴はよしましょう。ほらほら御覧、カウントダウンがみるみる進んでいきますよ。あと、ほんの少しの我慢です。耳を澄ませば鐘の音も聞こえます。近松が「あれ数ふれば暁の七つの鐘が六つ鳴りて、残る一つが今生の鐘の響きの聞き納め」と詠んだ、その鐘の音。

昔から曾根崎には、カウントダウンがあったのです。ほら、すぐその先、ネソの向こうにある曾根崎の暗い森、お初天神のあたりで、女を追う男が剃刀を喉に突き立て、柄《つか》も折れよとえぐって死んだ、お初と徳兵衛を弔う鐘です。鐘は、元禄の男女にだけ鳴ったのではありません。いま生きている、ぼくやあんたのためにも、同じ音で鳴ってるんです。そう、あれ数ふれば鐘の音の……寂滅為楽とひびくなりと申します通りにね。

昭和二十二年、大阪駅前

この話は、何かの理由で昭和天皇を憎んでいる方には、読むに値しない。あの戦争は天皇に責任ありと信じる方々、いわゆる従軍慰安婦問題の最終責任は昭和天皇にあると信じて記事を書いた新聞記者。そういう人々には、これは三文の値打ちもない話である。縁ない文を読んで時間を無駄にされないよう、前もって申し上げておく。

また以下に述べる話は、私の見聞や感想ではない。それは私の旧制中学時代の同級の友が書いて本にし、送ってきた自分史からの引用である。ただし、私がその本を受け取ってから三カ月足らずの間に、彼は卒然として世を去った。私の手に残った一冊は、期せずして彼が現世に残す遺作になった。

もう少し早く電話一本かけていればよかったが、取り返しがつかない。私の方にも、思うに任せぬ事情があった。

いずれにせよ、彼は自分が目撃して書いた大阪駅前の出来事を、できれば多数の日本人に向かって語りたかったであろう。私はそう忖度《そんたく》し、折あらばと機会を待った。さいわい興味を示してくれる編集者がいたので、この原稿を託すことにした。

昔の同級生といっても、卒業してから六十二年、われわれは一度も会ったことがない。名前が記憶に残るだけで、同年齢の赤の他人と呼んだほうが正しいだろう。

私はまた、五十年前の一回を除いて、母校に帰ったことが一遍もない。米国留学の前に「ハイスクールの成績証明を出せ」とフルブライト委員会が言うので、中学から高校へと昇格していた母校へ証明書を貰いにいった。

裏の通用門から入ると体育の時間らしく、昔われわれが銃剣術をやっていた運動場で女子生徒がバレーボールをしている。ブルーマのゴムに締めつけられた白く逞しい太股を一瞥し、私は再び母校を訪ねる意欲を失った。我が時代、五年間の旧制中学も三年間の旧制高校も、生徒はすべて男だった。小学校を出て、それ以上の教養を求める女は女学校へ、さらに女専へ行った。

話は現代に戻る。私は昨年末、近所の総合病院で悪性リンパ腫と診断された。ガンである。「ウチには血液内科がないので」と、ＪＲで二駅先の鎌倉市大船にある大病院に紹介され、入院した。それが二〇〇九年三月三日、雛祭りの日のことだった。

私は、もはやいつ死んでも不足のないトシである。このベッドからあの世へ旅立つのか。半ば死を覚悟して入院した。最初の二カ月ほどは寝たきりだった。だが、近頃のガンは必ずしも死へ一直線とは限らない。ガンも複雑になった。

担当医は抗ガン剤の点滴による治療を始めた。一つのコースに三週間かかる治療が、第一から第六まで六コースある。一つのコースが終わると、三日から一週間の休みがあり、自宅への一時帰休が許される。患者を統合失調症に似た精神状態へ持っていく強烈な薬物の注射だから、ときどき休ませないと患者の体が持たないのではないか。

六月に帰宅したときだった。急ぎの郵便物は、そのつど家族が病院に届けてくれるが、留守中に来た雑誌や本は書斎の机の上に積み上げてある。その中に一冊、自費出版の本があった。

『半生記覚書　吉村武』と表紙にある。全三百二十四ページ。自分史の中でも分厚い方である。便箋三枚の手紙が挟んであった。

「北野で同期の吉村武です」と、手紙は始まっている。大阪府立北野中学のことを言っている。はるか昔に成績証明書を貰いに行ったとき、すでに男女共学の高校になっていた。吉村武は、薄《うっす》らとだが憶えている。しかし前述のように、私は一度も同窓会に出たことがない。従って自分の記憶が信用できない。

五月二十一日付のその手紙を、私は最後まで読む根気がなかった。とりあえず本の方を開き、ルーペを当ててみた。しかし読む気力・体力がない。薬物のせいで、本を持つのさえ億劫な有様であった。抗ガン剤による打撃に加え、私は二十数年前の頭部手術のとき視力の大半を失い、読書には健常者の何倍も難渋する。読めないものは仕方がない。私は破った封筒を捨て、本を他の本の山の上に載せた。もし退院して元気が戻れば読もうと思った。封筒と一緒に、吉村君の住所と電話番号を捨ててしまったことに、そのときの私は気が付かなかった。

病院に戻って、再び連日の点滴と輸血、採血が始まった。まだ続くのかと無力感と絶望が襲ったが、八月に入ると主治医の声の調子が変わった。

「第四のコースは終わりました。状態は、かなり良くなっています。一応退院してくださって結構です。あとは通院でやりましょう」

死刑囚が執行猶予の宣告を貰ったようだった。私は同室の人々にそそくさと挨拶し、八月五日に退院した。

書斎に戻って机の前に落ち着くと、目の前に吉村君の本がある。病後の倦怠感を撥ね除けて身を起こし、とにかく本に挟んだままの手紙を読んだ。

雑誌『諸君!』巻頭に貴兄（私のこと）が長年書いてきたコラムを愛読してきた。その連載が終了とは残念だ。また、悪性リンパ腫とのこと。小生も四年前に頸部にコブが出来、国立病院の血液内科で余命一年と告知された。その後の薬剤療法で今日も生きているが、貴兄とは原発部位こそ違え同病相励ます仲である。自分は五年ほど前にパソコンを購入し、練習を兼ね自分史の前半を書き上げ一冊にした。同封の本がそれだ。読んでもらえれば幸いである云々。五月廿一日。

私はルーペを手に、彼の自分史を読み始めた。手紙が届いてから、すでに二カ月半が経っている。

吉村君は昭和四年八月、大阪・天満《てんま》の臼屋町《うすやまち》に生まれた。天満は、西鶴や近松の作中にしばしば出てくる古い大阪である。昭和五年だが早生まれの私は、吉村君が滝川小学校から北野中学（いま高校）に進んだとき同級になった。『女の一生』の森本薫、先日長逝した森繁久彌、少し遅れて『真空地帯』の野間宏が、同じ時期に同じ校舎に学んだ中学校である。

吉村君について、私の記憶はごく怪しい。彼の顔かたちもハッキリとは浮かばない。私も昔を全く憶えていないわけではないが、自分の過去を調べようと志したことなど一度もない。

吉村君は私と異なり、父方・母方、祖父母、もっと先の先祖の出自や職業を、丹念に調べている。ときには十六世紀のことにまで遡って掘り起こしている。過去に関して私が印象派なら、吉村君は細密画を描く力戦派の画家である。私は感嘆した。自分史を書くのもラクじゃないなと感じた。

彼は中学在学中に海軍兵学校の入試に合格して江田島に行ったが、われわれが四年生のとき戦争は終わった。吉村君は復学してきた。

終戦直後の食糧難では、仮に米穀通帳を持って東京へ行っても（親戚でもいない限り）配給では食っていけない。吉村君はそういうときに東京の園芸会社に職を得て、働きながら慶応の文学部を出た。

人生を語る自分史は、自慢話の羅列にならない限り面白いものだが、吉村君のは付き合いきれないほど詳しい。病後の私はすぐ読み疲れた。「またにしよう」と半ば決め、本の後半をパラパラとめくった。そのとき、ふと「大阪駅前」「天皇陛下」という文字が目をうった。家系の話とは縁のない言葉の取り合わせである。何だか自分史にはそぐわない単語であった。

ルーペを握り直して読んでみた。吉村君の本の四ページ弱に当たるその個所を、私は以下に原文のまま引用する。引用した後に短く、死ぬ前の彼と私の交信を語りたいと思う。

＊

その頃の話、生涯一度だけの出来事だが、天皇陛下のお顔を直接この目で見、ほんの五米《メートル》ほど先に、陛下ご自身の声を我が耳にした。昭和二十二年六月初旬、昭和天皇が大阪巡幸《じゅんこう》されたときである。

この日の昼近く大阪駅正面の本屋辺りを歩いていると、大勢の人の群れが押寄せ、歩道一杯に溢れて「テンちゃんが来た」と口々に叫んで走ってきた。その人波に攫《さら》われたか押されたかしていつのまにか、駅前通りから復員局の構内へ紛れ込んでしまった。いや正確には、復員局改め海外引揚援護館の正門から構内へ、野次馬大勢と一緒に雪崩《なだ》れ込んでしまったのである。門扉はすぐ閉ざされ、構内広場は群衆が溢れて立錐の余地なく、正に蒸し風呂のような暑気熱気だった。

やがて援護館内の行事が終わったらしく、沢山の人がぞろぞろ出てきたが、何せ、広場は群衆で一杯、ご一行も正門から出られそうもなかった。制服の護衛官たちが出て何か叫んでいるようだが全然聞えない。暫くすると、広場の真ん中から「静粛々々」の小声が小波《さざなみ》のように広がり、それにつれて群衆もバタバタと屈《かが》み出した。僕もそれになららい、腰を下ろし膝小僧を抱えて屈んだ。そして頭を上げると、何んと、群衆が作った円陣の真ん中に、天皇陛下がたったお一人で立っておられたのである。

陛下の前は僅か二人の護衛官が群衆に向き合っているようだったが、側近の多くは外遠くに離れていた。

そんな無警備状況の真っ只中に、地味な背広姿の陛下が背中を丸め加減に立っておられたのである。そして時々帽子を二、三回振られては、側近くに坐っている人達に向かい「ご苦労、ご苦労」と会釈されていた。その様子、取り巻く我らは腰を下ろしたまま固唾を飲んで見守るばかり、誰も声を立てなかった。そうした中で、陛下は側近くにいる一人々々に声掛けられていた。よく透る声で丁寧に「戦地は何処」とかを訊ねられ、「アそう、アそう」と頷かれたあと、「これからも頑張って下さい」と同じ言葉を何度も繰り返されていた。殆どが復員姿だったので戦地からの引揚者と思われたのかもしれない。

その場の雰囲気は端緒《はじめ》シーンとして緊張気味だったが、いつの間にか和らいで、陛下も次第に気軽に話されている様子だった。そのうち側近に急かされ帰っていかれたがそのとき皆立ち上がって、誰言うともなく一斉に「天皇陛下万歳」を声高く唱えたあと、手を振りあげて見送った。歓呼に応えられた陛下は幾度も立ち止まっては振り返られ、帽子を高く上げて応答されていたが側近に促されて漸く小豆色の車にお乗りになり、去って行かれた。僕は五米と離れていないところ、いわば咫尺《しせき》にして陛下を仰ぎ見た訳だが、お姿は崇高というより温厚篤実な村夫子《そんぷうし》然としておられるように見えた。畏れ多い表現だが、実際そう見えたのである。

思うに、天皇陛下はそれまで雲の上の方、戦後人間宣言をされたというが、日本で一番高貴な方に違いない。その陛下が穢《むさ》い復員姿の引揚者の群れの中へ無警備で入られて、一々丁寧に優しく受け答えされるとは想像だにしなかった。戦争に負けたため海外から引揚げた人達も、さぞ心荒んでいる筈、中に恨みに思うのがいても不思議はない。そんな物騒な連中の真っ只中に陛下一人お立ちになれば、格好の標的。狙われたら一溜まりもない。無事済んだのは何よりだったが、思えば危険この上ない状況だった。それをも顧みず、群衆の中に入って行かれたのは陛下ご自身のご意思だったに違いない。

ともあれ陛下は微笑を湛えて、お喜びの様子であった。これを見て何んとも痛ましく思い、また何んとなく吻《ほ》っとした。図らずも、この情景に接した僕は、それまでのモヤモヤが晴れて一変、右翼ならずとも尊皇派になったらしい。

この出来事の日付を忘れてしまったため長く胸三寸にしまっていたが、滅多にない出来事として書き残そうと思い、当時の新聞を繰り調べた。

僕の記憶にある大阪駅前の古びた建物は復員局、そう固く思い込んでいた。陛下関西巡幸時の新聞で「復員局お立ち寄り」という記事ばかりを目を皿にして探したが、ある筈がない。つまり復員局は復員業務が終了したため、既に「海外引揚援護館」と名称変更していたのである。

そこで改めて昭和二十二年六月六日の大阪毎日新聞〈行幸第三日（六日）の御順路図〉にある「海外引揚援護館」のところを仔細に読み、当時の情景を記憶の奥底から引っ張り出すことができたという次第。

しかし翌日の新聞には予定されていた海外引揚援護館における行事を報道しているだけで、僕がこの目で見、我が耳で聞いた記事が載っていなかった。あのような雑踏の中、それに予定外の中で何があったかを知る術《すべ》がなかったかもしれない。或いは無警備だったのを、わざわざ報道するまでもないと考えたのかもしれない。

いずれにせよ、僕の生涯において一度だけの奇遇事は昭和二十二年六月六日午前十一時前後に起きた史実だが、今や僕だけの史実になったらしい。今時では考えられない光景であった。（以上吉村稿）

*

私の知る大阪駅前は、およそこの世に例のない、散文的な場所である。今日デパートが入っている高層ビルは、戦後期には夢にも存在せず、従って美しいショーウィンドウなど一つもなかった。阪神百貨店は「阪神マート」と呼ばれる、低層の建物だったと思う。大阪市電の電停とバス停が並び、大阪市内を走る市電、市バスのほぼ半数以上は大阪駅前が終点だった。埃っぽく、潤いの全くない場所。戦時中はそこに婦人が立って、千人針への協力を呼びかけていた。戦後、本屋の裏の焼跡は、露店やバラック建ての闇市になっていた。

駅の北口にフラナガン神父「ボーイズタウン」の受付所があったのは憶えているが、復員局や援護館の位置を私は忘れた。しかし、およそ礼儀を正して天皇を送迎するには不適当な、雑踏の巷である。いつ不測の事態が起きても不思議はない。人だけがむやみに多い。

天皇は、そこへ援護館から出てこられた。誰かに刺し殺されても、人々は地べたに腰を下ろしたまま、無言で見守っていたことだろう。当時すでに「虚脱」と呼ばれていた、明日なき群集を包んでいた全き無気力。大阪駅前には、それが漂っていた。

お互い相手の不幸を「見る」ことしかできなかった。天皇は、そういう場に一人で放り出され、見て尋ねた。群集は答えた。地面に坐っていた数百人いや千人以上は、天皇との会話によって突然虚脱から醒め、命令もされないのに起立して万歳を叫んだ。すべてを咫尺《しせき》の間に見た若かった吉村君は、僅々《きんきん》数メートルの距離から、その大阪駅前の出来事を見た。六十年余を隔てて、いまそれを書いた。私は時と共に流れた一連の動きに、感じるものがあった。

昭和天皇の戦後の地方ご巡幸は昭和二十一年の神奈川を皮切りに、二十九年には沖縄を除く（本土復帰の前だった）全国に及んだ。炭鉱の坑道に立つ天皇、小学校の校庭で帽子を振っている天皇、無数の写真が残っている。

巡幸とは別に、植樹祭や国体へのご出席があった。迎える民は、「テンちゃん」と呼んでも、巡査に引っ張られることはなくなった。軽蔑の呼び名ではない。テンちゃんには、天皇への親近感がこもっていた。しかし、少なくとも最初の頃、天皇にとって巡幸は捨て身の行為、命懸けの行動だったのである。斃《たお》れても構わないと思っておられたのではないだろうか。

昭和天皇の逸話には、天皇の誠心誠意を語るものが多いが、それが大阪駅前という「儲かりまっか」の都の雑踏の中であったのだ。天皇陛下万歳の叫びが起こったのを、今の人は軍国主義教育の誤れる成果だと片付けるだろう。だが、そう見る現代の日本人が、どれほど万古に通じて不変の教育を受けているというのか。

五カ月間の入院から一応解放されて帰宅したので貴著を読んだ、大阪駅前の話にはとくに感動した、ラフカディオ・ハーンにも上熊本駅前の出来事を書いたいい短篇がある、と私は書いた。病後のことであり、葉書一枚を書くのに全力を振り絞った。

ハーンの『停車場で』は、松江から熊本に移って旧制五高で教えていたハーンが、上熊本駅前であった出来事を語っている。

駅前に集まった群集。四年前に熊本で強盗殺人をした犯人が捕まり、護送される途中に巡査の剣を奪って刺し殺し逃亡していた。そいつが福岡で捕まり、熊本に送られて来るという。

汽車が着く。手錠を打たれた犯人が警部に引かれて群集の中へ出てくる。と警部は、ねんねこで幼児を負《お》ぶった婦人の前で立ち止まり、諭すような声で幼児に話しかける。

「坊ちゃん、これがな、あなたのお父さんを殺した男ですぞ。よくごらんなさい、この男を。あなたは、あの時まだお腹んなかにいなすったんだったね。(犯人に向かって)おい、顔を上げろ。おいやだろうが、こりゃあ、あなたの務めなんだからね。ようく見てやるんですぞ」

幼児はつぶらな目を開いて、犯人をじっと見る。見続ける。数秒、数十秒……犯人は手錠されているのを忘れ、へたへたとその場に坐りこむ。

「坊ちゃん、堪忍してくんなせえ……」

ハーンのこの話は上熊本駅、吉村君の見て物語る場面は大阪駅。駅と駅の連想で、私はハーンを思い出したのだった。どちらも人間の「見る」という行為が現実を固定する役を果たしている。

ハーンは東洋的な出来事だったと書いている。同じように大阪駅前の天皇と民と天皇陛下万歳を指して「そう叫んで戦死した人民もいるのだ。民をねぎらうより先に従軍慰安婦を謝れ」と言う人がいるだろう。そういう人とは、私は共に語ることができない。熊本が東洋的なら、大阪駅前の光景を私は日本的なものだと思う。

葉書一枚だから、そういうことまでは書けなかった。ハーンの作を思い出すとだけ私は書いた。

ところが、いざ葉書を出そうとすると、いかんせん吉村君の住所がない。それが書いてあったはずの封筒は、二カ月前の帰宅時に破って捨ててしまった。

本の奥付に発行人の名と住所、電話番号があったので電話をかけた。発行人は快く教えてくれ「吉村さんは、同じ教会に属していますのでよく存じ上げています。立派な方です」と、しきりに言った。聖公会の信者さんらしかった。私は宛名を書き、家族に頼んで投函してもらった。吉村君からは返事が来なかった。病後の私はぼんやり、どうしたのだろうと思った。

一週間ほどして、吉村君からファクスが来た。ほぼ同時に私の葉書が「お届け先不明」として戻ってきた。ファクスには、こう書いてあった。

「小生の住所は下記の通りです。返事が遅れたのは八月七日が小生の誕生日、傘寿《さんじゅ》とかで刺身など生ものチーズなど醗酵製品（かび）を食したため、その後発熱し、未だに家で寝ている始末。矢張り医者の指示を守らないといけないようです。取り敢えずお知らせまで」

彼の自分史の発行者からも、正しい住所を知らせるファクスが来た。私が電話したとき言い忘れたのか、それとも私が聞き落としたのか、私の葉書の宛名は所番地までで、マンションの部屋番号がなかった。吉村君は東京都の立川市に住んでいた。

葉書を封筒に入れ、別に一筆書いて再送しようとして、私は昭和天皇の御行為が似ているのは、ラフカディオ・ハーンどころではないのに気付いた。葉書に添える手紙を書き直した。

「きみは焼跡の中、人ごみの大阪駅前で無警備の天皇が民に話しかけるのを見て感動しただろう。私は万葉集巻頭にある、雄略天皇作と伝えられる一首を思い出した。『籠《こ》もよ　み籠持ち　掘串《ふくし》もよ　み掘串持ち　この丘に菜摘ます児　家聞かな　告《の》らさね……

空みつ大和の国は　おしなべてわれこそ居れ……』という、あれだ。

天《あめ》の香《か》久《ぐ》山か畝《うね》傍《び》山か、天皇は大和の優しい丘に登って春草を摘む乙女たちを見た。『どこから来たの』『あ、そう』と話しかけた。『私はこの国を治めている者だよ』と名乗った。橿原《かしはら》の春草萌える山と戦後まもない埃まみれの大阪駅前と、場所こそ違うが日本の君臣は、古代からそういう仲だったと私は思う。きみを感動させたのは、きみの中を流れる日本人の血ではないだろうか」

吉村君からは、依然として何の便りもなかった。万葉集になぞらえたのは書き過ぎかなと、私は一抹の不安を抱いた。

そのまま日が過ぎた。九月六日の夜の九時頃だった。書斎の電話が鳴って、出ると「吉村でございますが」と、女の声だった。

私は一瞬「あなた、徳岡さんよ。はい」というセリフがあって、受話器が吉村君の手に渡されるんだな、まだ病床にいたのか、と思った。ところが声の主は変わらなかった。

「吉村は亡くなりました。ただいま、お通夜を済ませて帰ってきたところです」

私は言うべき言葉がなかった。宙を探るようにして、やっと「私の手紙は届きましたか」と問うた。

「はい、届きました。間に合いました。吉村はとても喜んで、子供たちを枕元に呼び、御手紙を朗読いたしました。おい聞け、ここに俺を分かってくれた友がいる、と言って……。何度も何度も読んでいました」

「そうですか。そりゃ良かった。ほんとに良かった。私も書いて良かった。嬉しいですよ」

何度もそう言って喜びたかったが、友が死んだ晩にあまり嬉しがるのも不謹慎だと気がつき、二度ほどで止めた。卒業してから、ついぞ会ったことのない級友、見たこともないその奥さん、他に話す材料がない。

「奥さんも大阪の方ですか」

「いいえ、東京です。働いていた職場で知り合って……まあ親友同士が結ばれたようなものでした」

「そうですか。私も長い入院から出たばかりなので、外出は出来ません。お悔やみにも参れません。しかし彼は手紙を見て、喜んでくれたんですね。良かった。本当に良かった」

短い会話だけで電話を置いた。

吉村君は、私の著書を本屋ででも見たのだろう。おお徳岡は書いているのかと思って、自分史を送ってきたのではあるまいか。発行人に聞いて、電話一本かければよかったが、彼はすでに病床に伏し、私も電話を持ち上げるのさえシンドイ病後だった。会って話せば、一晩や二晩では尽きぬ会話があっただろうに、とうとう声を聞かずじまいだった。

しかし彼は、私の手紙を読んで喜んでくれた。喜んでから、何を急ぐのか足早に去っていった。人の世には、こういう別れ方もあるのだろう。吉村君との永別を、そう考えるより仕方なかった。

菩提寺と「白雪姫」

私の母方の菩提寺は奈良市内にあって、徳融寺《とくゆう》という。古寺と古き佛たちに満ち満ちた奈良では、さほど目立つお寺ではない。融通念仏宗、俗に「大念仏」と呼ばれる小さい宗派に属し、本山は大阪・平野にある。

母方の寺だから、墓域にある我が家の墓は母の旧姓になっている。だが幼い頃から「お寺参りする」といえば、私にとってそれは奈良へ行くことを指していた。

私の母は私を頭に三人の子を産んだ後、二十七という若さで他界した。男やもめになった父と三人の子、われわれを育ててくれた母方の祖母の計五人は、春秋の彼岸や母の命日には、はるばる阪神間の家から電車を乗り継いで徳融寺に詣で、母の墓を掃いた。父は養子ではないが、もと母の家の番頭で、つまり、「こいさん」を貰ったわけであった。

寺参りの後は、きまって一家で奈良公園に遊んだ。だから戦前の猿沢池から興福寺あたり、二月堂、東大寺の大仏様、春日大社の見事な万灯籠などが、いまも記憶の底にしっかり残っている。鹿せんべいをポケットに入れておいたため、牡鹿に角でオーバーを突き破られた妹が泣いたのも覚えている。

母は死んで七十数年になる。祖母も父も、とうに世を去った。残る妹や私も老い、共にはるかな東国に住んでいるので、奈良には無沙汰がちになっている。久しぶりに兄妹で「お寺参り」に行ったのは、二年ほど前の春のことだった。

奈良は戦災も免れ、おそらく最も戦前の面影を留めている町の一つだろう。観光都市化してしまった京都にはない落ち着きがある。徳融寺の境内も、子供心に覚えた布置のままである。

墓参を済ませて本堂に回ると、住職が折り入っての話があるという。その話とは、こういうことだった。

「この寺にも、近頃はギャルがときどき来られます。室町時代の創建からの由来を書いたものはあるが、若い人にも読めるナウなものがありません。ひとつ、薄いパンフレットのようなものを書いてくれませんか」

「はあ、そのうち、時間ができましたら」と、私は冴えない返事をして帰った。何十年も前から親しんできた菩提寺だが、それは墓参が主な目的であり、お寺のことを考えたことなどなかったのである。

横浜の自宅で〆切りに追われながら原稿を書く生活に戻ったが、せっかくの住職の頼みに生返事で帰ったことが妙に気になった。原稿のことを考える頭の片隅に、ときどき徳融寺が顔を出した。「早く何か書かにゃ」と、私はひとり呟いた。

東京に住む妹も「お兄さん、お寺さんにお昼を御馳走になって頼まれごとをしたんでしょ。食い逃げはダメよ。早く書きなさい」と、私を責める。

歴史学者でも宗教学者でもない私だから、権威あるものは書けない。古いお寺のことをジャーナリスチックに書くのにはどうすればいいか？　そのとき、ふと徳融寺が中将姫説話にゆかりの寺であることに思い付いた。

今の若い人はご存じないが、人形浄瑠璃や歌舞伎芝居見物が庶民の娯楽だった時代には、中将姫といえば継子《ままこ》いじめ、継子いじめといえば中将姫というほど有名だった。現代語で言えばドメスチック・バイオレンス。

とくに中将姫が雪の積もる庭に引き出され、継母《ままはは》の命令で家来に割り竹で打ち据えられる「雪責め」の場面は凄かった。飛び散る雪の中で、もがき苦しむ美女。凄惨にも美しいというか、やや倒錯したエロチシズムに、観客は息を呑んだものだった。

徳融寺は、何を隠そうそういう家庭内虐待が行われた右大臣、藤原豊成の屋敷跡に立っている。私は子供のときから境内にある「豊成公邸跡」と彫った石碑を見覚えている。残酷な折檻の場面は、芝居より人形浄瑠璃の方が一段と凄みがある。若い頃に芝居・文楽に凝った私は、それを「ああ、これ徳融寺の庭だ」と思いながら見ていた。

藤原豊成は奈良朝の有力政治家だったが、妻に死なれて後添えを貰った。それが鬼のような女だったわけで、豊成はついには彼女の告げ口を信じ、家来に命じて我が娘を森に捨てさせた。

それから十数年後、森へ狩りに行った豊成は、死んだと思った我が娘に再会し屋敷へ連れて帰る。輝くばかりの美貌に、降るような縁談があった。中将姫はそのすべてを断り、落飾して当麻《たいま》寺に籠り、蓮の糸で曼荼羅を織り、西方極楽浄土を念じつつ、生涯を閉じた。

藤原豊成は歴史上実在の人物だが、中将姫は説話中の人である。だが私は、継母の執拗ないじめ、森で親切な住人に救われ、狩りに行った父との再会、賢く美しい娘などといったストーリーに、どことなくバタ臭いものを感じた。住職に何か書けと求められ、はじめてそのことに気付いたのである。

その何年か前に、同じ住職から某学者の講演記録を頂戴したことがあった。奈良を起点とする遣唐使が大陸に渡っていた頃、向こうではキリスト教が全盛だった。漢字では景教と書かれ、遣唐使も長安滞在中にキリスト教に関する情報を得て、奈良に持ち帰ったはずだ、とその学者は言うのである。

それだけではない。ラクダの背に乗ってシルクロードを唐に来た情報の中には、キリスト教以外にアラビアやペルシャの物語もあったに違いないと、その学者は言っていた。

森とお姫様と継子いじめといえば、白雪姫かシンデレラである。前者はグリムに出て来るが、いずれオリエント、アラビアあたりの豊かな物語群が源泉だと思われる。それが遣唐使の口コミで奈良朝の日本に伝わって中将姫伝説になったとすれば……私は「これはギャル向きの話になる」と感じた。

むろん、学問的に正確かどうかは分からない。だがつい先日も、西安（昔の唐都・長安）で古い墓誌に「井真成《いのまなり》」という安倍仲麻呂と同時代の遣唐留学生が帰国間際に死んだと彫ってあるのが発見された。これまで歴史に現われなかった名である。当時のことは、まだまだ知られていない部分が多い。ということは、自由に想像を働かせる余地がある。

私は思いきって十枚ほどの原稿を書き、『徳融寺物語　中将姫を想像する』と題して住職に郵送した。一枚か二枚の紙に刷って、寺を訪れる人に配って下さるのだろうと思った。

日ならずして、住職から出来上がったパンフレットが届いた。拙稿に昔から寺に伝わる中将姫和讃を併せ、手に取りやすく読みやすい、気のきいたブックレットにまとめてある。二千部刷ったという。仏門の方の見上げた編集センスに、私は感嘆した。はばかりながら寺と檀徒が、こういう形で協力した例が、近頃どこかにあるだろうか？

有名作家ならともかく、私ごとき者の雑文が多くの読者を得るとは考えにくい。だが、一冊の薄い本は、お寺を現代の若者たちに、決して面白半分にではなく、知らせようとする仏教者の努力の本である。

実はもう一つ、白雪姫と中将姫の物語を想像しながら気付いたことがある。それは亡き父の一生のことである。

妻すなわち私どもの母に死なれた後、父は再婚することなく実に四十三年の長い年月を不自由な男やもめを貫いて死んだ。淋しい一生だったはずだと、いま父と似た年齢に達して妻を喪った私は、同情できるようになった。と同時に、お父さんがなぜ再婚しないんだろうと子供なりに抱いた疑問の解答を得たような気がする。

前述のように我が家は、年に何回も奈良の徳融寺へ亡母の墓参に行った。そのたび、父は「豊成公」と彫った碑を見たはずである。イヤでも中将姫の身の上を思う。むごたらしい継子いじめのシーンが目に浮かぶ。境内で無心に鬼ごっこしている私たちを見やり、父は「ああ、この子らを継子にし、つらい目に遭わすまい」と決心したのではなかろうか。しかも年に三度四度お寺参りに行く。父は再婚へ踏み切れぬまま、機会を失ってしまったのではあるまいか。

子供の身の丈もない一基の宝篋《ほうきょう》印塔が、煩悩を抱いて生きる人間に科した重いタブー。父がもし後添えを貰っていたら、私たち子らの運命は変わっていたであろうし、妹などはさしずめ不幸な白雪姫になっていたかもしれない。われわれは気がつかないが、お寺や石塔は人の運命を変えるのである。

〈徳融寺への寄稿〉

徳融寺物語　中将姫を想像する

聖徳太子は実は存在しなかった、架空の人物だ、という学説がある。学校で教える聖徳太子（西暦で五七四〜六二二年）は、十七条憲法を定め、法隆寺を建て、十人の訴えを同時に聞いて判断する超人的な天才だった。

学説が正しいかどうか、簡単には言えない。しかしイエス・キリストがベツレヘムの厩《うまや》に生まれたことは、キリスト教徒でなくても聞いて知っている。一方、聖徳太子は本名を厩戸王子《うまやどのおうじ》といった。いまから約二千年前のパレスチナの物語が、人の口から口を伝ってユーラシア大陸を横断して日本に届き、聖徳太子伝説になったと、想像は飛躍する。それでなくても歴史には、まだ発見されず、語られていない物語が、無数にある。

この徳融寺は天文十三（一五四四）年に創建された。それは戦国時代の最後の大波乱の前で、織田信長や秀吉はまだ幼かった。しかし奈良は古い都だから、この寺の物語も建立より数百年も昔にさかのぼる。聖徳太子より百年ほど遅く生まれた奈良時代の政治家に、藤原豊成（七〇四〜七六五年）という人がいて、美しく賢い娘があった。名を中将姫という。徳融寺の観音堂の傍らには、豊成公と中将姫父娘の供養塔と伝えられる二基の宝篋印塔がある。ただし歴史的に「いた」と確認できるのは父親だけで、今のところ娘はまだ伝説の中である。

豊成は当時の藤原一門の最有力者で、右大臣だった。徳融寺の場所は、彼の屋敷の跡とされる。彼は中将姫がまだ五つのとき妻を喪い、再婚した。中将姫にとっては継母。

鬼のような人だった。

賢く、琴や琵琶を弾いても一流、おまけに帝のお目にとまって入内《じゅだい》を望まれたほどの器量よしだから、継母はよけい気に入らない。徹底的に苛《いじ》めた。ついには雪の積もる庭に引き出し、家来に命じて竹のササラで打ち据《す》えさせた。飛び散る雪、もがき苦しむお姫様のイメージは、事実かどうかを超えて日本の継子いじめのプロトタイプ（原型）になった。徳融寺本堂の南には、そのとき中将姫が縛《しば》り付けられた「雪責め松」がある。おそらく想像力が生んだ現実であろうと思われる。昔の人は継母・継子と聞くとすぐ「ああ中将姫ね」と反応するほど有名な話だった。

継母の虐待はエスカレートした。彼女の言い付けを信じた豊成は家来を呼び、中将姫を雲雀山《ひばりやま》へ連れていって殺せと命じた。だが罪もない者を殺せるわけがない。家来は姫を森の中に住む夫婦に託して帰り、主人には偽りの報告をした。

豊成公の身にも、その後いろんな浮沈があった。政争に敗れ、九州の太宰府に流されそうになったこともある。十数年が経った。ある日、森へ狩りに行った彼は、偶然わが娘と再会した。立派に成人していた。生きていたとは知らなかった。豊成は自己の非を悟って謝り、娘を奈良の屋敷に連れ戻した。

輝くばかりの美貌と才能、輿入《こしい》れをすすめる人は多かったが、すでに死の淵を覗いたことのある中将姫は、現世の幸福と希望をすべて断った。髪をおろし（落飾）、尼になって二上山《ふたかみやま》に近い当麻寺《たいまでら》に入った。日ごと阿弥陀如来と観音菩薩をおがみ、その助けを受けて蓮《はす》の糸で曼荼羅《まんだら》を織り上げ、女人ながら浄土に招かれて生涯を閉じたという。

中将姫の物語は数多く書かれたが、最もよく知られるのが江戸期に出た人形浄瑠璃「鶊山姫捨松《ひばりやまひめすてのまつ》」である。いまも文楽や歌舞伎でときどき上演されるが、最もウケるのは姫の信心深さではなく、「雪責め」の場。サド・マゾ的で少しエロチックな刺激が好まれ、女形の演じどころになっているように見える。

半ば伝説上の人であるから、姫がいつまで生きたかなどは全く判らない。だが当麻寺で過ごしたのなら、日ごと二上山の美しい姿を拝んだことになる。古代、奈良の西、日の沈む方角にある二上山は、冥界への入口とされた。その頃の大謀叛事件の犯人として捕らえられ、罪なくして処刑された大津皇子（六六三〜六八六年）の遺骸は、二上山に移葬されたといわれる。『万葉集』にある皇子の姉・大伯皇女《おおくのひめみこ》の哀切きわまる嘆き「うつそみの人にある我や明日よりは二上山を弟《いろせ》と我が見む」は、現代人が読んでも胸迫るものがある。中将姫の終焉の地にふさわしい。

しかし、お気付きだろうか。継母と美しい娘、きびしい折檻、森に捨てる、長い時を経て発見……日本の説話にしては、道具立てがどことなく西洋的ではないか。父親が森へ狩りに行くのも、まるでグリムに出て来る話のようで、どうも日本的ではないようである。このバタ臭さは、どこから来るのか？

日本が遣唐使によって大陸と交流をしていた頃、すなわち聖徳太子の時代、こちら側の都・奈良には元興寺があり、その寺域は今日の奈良町《まち》の広い部分を占めていた。遣唐使に択《えら》ばれた者は元興寺で語学その他の勉強をし、帰るとまず元興寺に戻って復命した。つまり寺は、仏教や唐の文化を取り入れる基地としての役割を担っていた。

遣唐使たちが向こう側の都・長安（いまの西安）で見聞したのは、唐の文物や仏教の経典だけではなかった。当時の長安では、意外にもキリスト教が全盛だった。漢字では「景教」と書くキリスト教は、パレスチナの地域的宗教からローマ帝国公認の宗教へと発展し、すでに多くの信者を持っていた。その教えが、イエス生誕の話を含めてシルクロードを通り、はるばる唐に達していた。むろん遣唐使も、その様子を観察して帰った。

実は、シルクロードを東へ運ばれたのは、キリスト教だけではない。長い交易路は途中でアラビア、ペルシャ文化圏を通る。『千夜一夜物語』をはじめアラビアの豊かな物語も、ラクダの背に乗ってユーラシア大陸を東へ旅した。その中に「森の眠り姫」の物語もあったと想像される。

継母が先妻の子を苛める。娘は森の中に捨てられ、森の住人に助けられて深い眠りに入る。一定の時期が来て目が覚め、王子様とめでたく結ばれる。近世にアメリカに渡って『白雪姫』の筋書になり、さらにハリウッドで演出されてシンデレラ物語になった話のプロトタイプは、ずっと前に東へ運ばれて中将姫の説話を生んだのではないか。日本では、森から帰ってからが浄土信仰と結びついて別の筋書になったが、大要は白雪姫ストーリーと共通している。中将姫が、大津皇子という「王子様」ゆかりの当麻寺に入ったところまで、共通点の中に入れてしまえるかもしれない。

・

正倉院の御物の中に、遠くアラビアやローマ産と思われる物や文様があるのは、すでに知られている。今のような政治的障害がなかったから、古代世界には自由な人と物の交流があった。現代人の想像を超える文化の流れが、古代人の知的な糧《かて》になっていた。われわれはまだ、その一部を知っているに過ぎない。ここ徳融寺に立って思いを奈良朝の昔にめぐらせば、遠くに白雪姫と七人の小人の歌う声が聞える。それとも、それは私だけの幻聴なのだろうか？

独眼の白内障手術

近頃とんと聞かなくなった言葉に「昭和ヒトケタ」がある。理由は明らかで、昭和十年より前に生まれた人間は、この世の仕事をほぼ終え、いまや先を争って死んでいく最中だからである。ちょっと話題にしにくく、すれば気の毒な存在になってしまった。

死は人生最後のケジメで、死が迫れば他のことはどうでもよくなる。地位も財産も勲章も、あの世へは持っていけない。いまさら世の評判になる働きをするのも億劫になる。世間も、死亡準備中の人々を「通り過ぎた者」の列に入れ、無視しないまでも避けるようになる。すなわち老人は、己の体や心だけでなく社会的にも、生前すでに少しずつ死に始めるのである。

むろん八十九十の壁を突破して、長生きする人はいる。だが、そういうのは特異例であり、世代としては二度と社会的な勢力になれない。私は敗色濃い、そのヒトケタ族の一人である。

近年の医学は進歩し、おかげで死の来る方角はだいたい見当がつくようになった。糖尿病の血筋がなければガンと脳卒中と心臓発作。それに交通事故と自殺。それだけを防いでいれば、電話一本かけずかからず、手紙を出さず受けず、見るテレビは俗悪無限の荒野という退屈な生活を我慢できさえすれば、人は理論上は百二十まで生きられるそうである。

しかし、たとえば転倒して大腿骨を骨折したとする。私も先日、夜の有楽町で、放置自転車につまずき転倒した。背中が歩道に着くハデな転び方だったが、さいわいズボンのカギ裂きだけで済んだ。つらいリハビリを嫌う老人は多いから、骨折すれば寝たきりになる。食事と下《しも》の世話をしてもらう。自然の成り行きとして、看病に疲れた妻や子や孫に絞め殺される危険が生じる。生きるなら、死ぬ日まで元気でいたい。

それを現代語で言えばクォリティ・オブ・ライフである。いま日本で、老人のＱＯＬ（良質な人生）の前に大手を広げて立ちはだかっているのが、白内障という目の病気である。視界全体がボンヤリ霞む。世間の人は猛暑だ猛暑だと騒いだが、白内障患者の眺める世間は陰気に雲って、どことなく薄ら寒い。東京都心が三九・五度と聞いても、あの世の出来事のように思えた。

「白内障？　ああ、あれはイッパツで治る」と言う人が多い。なるほど手術イッパツで治る。私も治って、元の視覚障害者に戻れた（この矛盾した表現、まもなく説明する）。しかし、何といっても患者の数が多い。八十歳以上の人は、程度の差こそあれ男女ともほぼ百パーセントが白内障だという。いま日本で白内障手術を受けている人（ほとんど老人）は年間ざっと七十万〜八十万人。高齢化と共に、ますます増える傾向にある。

日本中の外科医の手がける手術総数が年間約百五十万件というから、眼科医がいかに忙しく働いているか分かる。手術後に視力が悪化（視機能障害と呼ぶ）する人は、千人か二千人に一人だそうだから、風邪をひいて頓服もらいに行くのと大差ない。手術しなけりゃ損と言いたくなるほど安全、手軽、医者に言わせれば平凡な医療行為である。だが失敗例は皆無ではない。それは医療過誤より、手術後の患者側の不注意による場合が多い。白内障、ナメたらいかんぜよ、である。

いまから二十四年前の話だが、『中央公論』に連載中だった曾野綾子さんの小説『湖水誕生』が中断した。信州の山奥に、百二十八万キロワットの発電力を持つダムを築く男たちの物語だった。それが中途で書けなくなった。曾野さんの白内障が急速に進み、資料を読めず書き上げた原稿も読み返せなくなったからだ。視力喪失は小説家に限らず、「書く者」にとって致命的である。彼女は、当時まだ受ける者の少なかった白内障の手術を受け、さいわい完全に視力を取り戻した。一年半の中断のあと連載は再開され、完結して上下二巻の本になった。

曾野さんは、自分を「開眼」してくれた医者のことを書いた。名古屋のその眼科医の門前は、たちまち白内障患者で市をなした。その頃、白内障手術はほとんど名人芸に属していた。

二十四年後のいま、すべては様変わりした。眼科は、診療科の中で最も多種多彩な機械類を備えている。白内障と糖尿病網膜症は、眼科医の仕事の二本柱になった。

老人の間では、いま白内障の「日帰り手術」が、ブームになっている。「世の中、こんなに美しいとは知らなんだ」「手術した晩は、もう家で普通にめし食っていた」など、劇的な一天晴朗と手術の手軽さが、さかんに語られる。口コミで伝わる。お節介な人は「あなたも早く手術してもらいなさいよ」と、他人を口説く。

しかし、ナメたらいかん。だいたいヒマを持て余している老人のどこに、日帰りする必要があるのか。何がなくてもお年寄りには時間がある。手術後の日帰りを自慢するのは、温泉を「足浴」で済ませて、そのスピードを誇るのと同じである。陸上競技じゃあるまいし、速けりゃいいとは限らない。日帰りを宣伝する医者もよくないと思う。

私には、手術を甘く見て大失敗した体験がある。それは脳下垂体腫瘍だった。脳の中の腫れが左眼の視神経を圧迫し、視力が著しく落ちた。鼻の下を切っておいて脳内の腫瘍を吸い出す経蝶形骨手術は、比較的安全とされていた。局所麻酔でやっていた昔は、患者が手術中に「先生、見え始めました！」と叫ぶことさえあったと、東大医学部の脳神経外科主任教授が書いていた。

ところが私の場合は、切っていくメスが患部に達する前に脳内に原因不明の出血があり、健全だった右眼の視神経（焼豆腐くらいの固さ）が圧迫されて切れ、私は両眼失明した。続く開頭手術で左眼を救済し、少し見えるようにはなったが、長年腫瘍に圧されてきた視神経は弱々しい。私は健康体で入院した病院を、視覚障害者として退院した。

何が出血の原因か？　人間の体にはときどきそういうことがある、としか説明できない。車の運転も好きなテニスもできなくなった。右眼は全盲、左眼は矯正〇・三だが、部分によって見えない個所があり、とくに足下は全く見えない。歩くときは顎を引いて歩く。

それが十八年前のことである。以来ずっと外出時には杖をつき、仕事は天眼鏡に頼ってきた。ルーペをかざして本や資料を読み、書いた後も二百字詰め原稿用紙を一枚ずつ百ワットの電気スタンドに近付けて読み返す。口で言うのは簡単だが、目は疲れ、ときには根気も尽きる。脳下垂体腫瘍は再び膨らみ、七年後に再手術。さらに一冊の本に取

ントの

315-4

きもちのいい家

重版出来

手塚貴晴+手塚由比

評判の建築家夫妻が設計した、個性あふれる「じっとしていて気持ちのいい」家々を紹介。

四六判並製　208頁
定価1575円　86029-131-0

ングの

重版出来

06-1

歌劇場のマリア・カラス

ライヴ録音に聴くカラス・アートの真髄

蒲田耕二

マリア・カラスの来し方とともに、ライヴ録音のCD付き。カラスの魅力と成長ぶりを知るには、これを聴いてもらうしかない。

菊判上製　304頁
定価3360円　86029-283-6

書店で
小社ま
さい。
、お買
込)未
手数
以上(
場合は

清流出版株式会社

〒101-0051 東京都千代田区神田神保町3-7-1
TEL.03-3288-5405　FAX.03-3288-5340
seiryu@seiryupub.co.jp
ホームページ　http://www.seiryupub.co.jp/

10.07.31

田辺聖子の名著、復刊!

花狩

田辺聖子

苦難の限りを耐え抜いた女の一生を、大阪弁を駆使して描いた感動の長編!!

四六判並製　296頁
定価1575円　86029-318-5

窓を開けますか?

田辺聖子

男と過ごす夜の安らかなときめき。あなたが私のものだけになる日はいつ?

四六判並製　488頁
定価1680円　86029-319-2

どんぐりのリボン

田辺聖子

大阪娘の五月と精悍な青年・健太。不器用な二人の甘く爽やかな恋物語。

四六判並製　336頁
定価1575円　86029-320-8

〈以下続刊〉**休暇は終った　夜あけのさよなら**

絵本「地球・いのちの星」三部作

森のフォーレ

功刀正行／解説
堤 江実／文　出射 茂／絵

水のミーシャ
86029-168-6

風のリーラ
86029-247-8

『水のミーシャ』は読書推進運動協議会賞、『風のリーラ』『森のフォーレ』では、ユネスコ・アジア文化センター賞を授与された話題のシリーズ。それぞれ水、大気、大地をテーマに環境汚染について学び地球の明日を考える。親子で楽しめる絵本。

B4判変型上製　40頁　定価各1575円　86029-285-0

ローレンス・ガードナーが贈る世界的ベストセラー

聖杯の血統 イエスの隠された系譜

ローレンス・ガードナー
楡井浩一／監訳

イエス・キリストとマグダラのマリアが結婚していたとは!聖母マリア処女懐胎の真実。そして血統の系譜は現代まで。

四六判並製　520頁
定価2940円
86029-327-7

失われた聖櫃《アーク》 謎の潜在パワー

ローレンス・ガードナー
楡井浩一／監訳

聖櫃のシナイからエルサレム、さらにその後の流転の足跡を辿り、金を無重力状態に変える聖櫃の驚くべきパワーを明らかに。

四六判並製　384頁
定価2310円
86029-280-5

〈以下、続々刊行!〉**マグダラ・マリア聖なる遺産**〔仮題〕(*Magdalene Legacy*)
聖杯王たちの創世記〔仮題〕(*Genesis of the Grail Kings*)
指輪物語の王国〔仮題〕(*Realm of the Ring Lords*)

絵筆は語る
自分色を生きた女たち

堀尾真紀子
四六判並製　184頁（口絵カラー8頁）
定価2520円 86029-310-9

起伏に富んだ近代女性画家の生き方から学べる点が多いはず、との観点から8人を選び、その実像に迫った。

かんたん、男の沖縄料理

神谷八郎（「抱瓶《だちびん》」料理長）／料理制作・監修
A5判並製　112頁
定価1470円　86029-288-1

「抱瓶」の料理長・神谷八郎氏が監修者。琉球料理の伝統を守りながら、和食のセンスを取り込んだ新しい料理を提案。

徳川夢声の小説と漫談これ一冊で

徳川夢声
四六判並製 CD付き　304頁
定価2520円　86029-301-7

軽妙洒脱なユーモア小説を中心に編んでいる。それに78回転SP盤レコードから採った64分のCDが付く。

楽天力
上手なトシの重ね方

沖藤典子
四六判並製　224頁
定価1680円　86029-298-0

年を重ねるにしたがって輝きを増し、明るく生きる元気印の人たちの、年を重ねるための知恵を公開する。

究極のスピード インディカー

林　溪清
A5判並製　160頁
定価1890円　86029-294-2

F1などと並ぶ世界三大レースの一つ。最高速度はF1を超える時速380キロ超。インディの魅力、楽しみ方はこれでOK。

わが師 太宰治に捧ぐ

桂 英澄
四六判並製　272頁
定価2100円　86029-302-4

知られざる太宰治の素顔が明らかになる。太宰の女性観、小説への思い、人生観など、新鮮な驚きに満ちている。

小川宏の面白交友録

小川 宏
四六判並製　272頁
定価2100円　86029-307-9

長寿番組「小川宏ショー」などでの、貴重な現場写真を多数掲載。昭和という時代の息吹きを写真と文章とで味わえる。

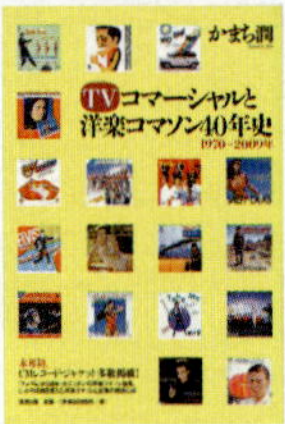

TVコマーシャルと洋楽コマソン40年史

かまち潤
A5判並製　256頁
定価2310円　86029-314-7

「マンダム」のCMから始まった日本の洋楽コマソンの歴史。以後、40年の洋楽コマソンの歴史を俯瞰する。

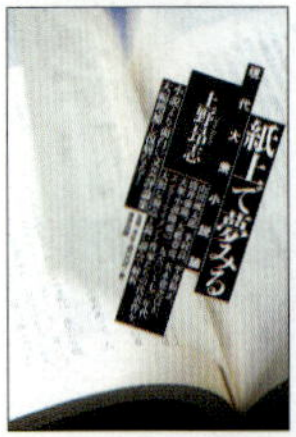

紙上で夢みる
現代大衆小説論

上野昂志
四六判並製　304頁
定価2520円　86029-265-2

江戸川乱歩、横溝正史、半村良に至る伝奇から、川上宗薫、宇野鴻一郎の官能、大藪春彦のハードボイルドまで。

気持ちにそぐう言葉たち

金田一秀穂
新書判上製　176頁
定価1050円　86029-290-4

擬音（声）語・擬態語の可能性を掘り下げる1冊。今日からあなたも“オノマトペ”の達人になれる。

中学生が考える── 私たちのケータイ、ネットとのつきあい方

大山圭湖
四六判並製　184頁
定価1365円　86029-304-8

中学生の間で、ネット・携帯にハマる生徒が増えている。親も教師も知らなかった生徒たちの真実の姿が見えてくる。

株が無くなる日
天変地異で株はどうなるのか?

谷津俊一
四六判並製　256頁
定価2310円　86029-259-1

過去、太陽黒点の増減と景気の動向はリンクしていた。長年の研究成果から、日本経済と株式市場を予測する。

ときどきメタボの食いしん坊

出久根達郎
四六判上製　256頁
定価1575円　86029-277-5

夫婦揃ってメタボ気味という著者。健康談義中心に編んだので、メタボで悩む読者には、きっと親しみを感じられるはず。

カバの“ちんどんやさん”

デイヴィッド・H・シャピロ／作
デュフォ恭子／画
A4判上製　32頁
定価1680円　86029-284-3

ちんどんやを志したカバのピポ。働きながら、ちんどんやの技術を学び、立派なちんどんやになって帰ってくる。

さらば、暴政
自民党政権―負の系譜

藤原 肇
四六判並製　256頁
定価1470円　86029-305-5

狂乱の小泉純一郎政権は5年間続いた。公共財の私有化も進み、国民の資産を禿鷹ファンドが食い荒らすことになった。

※表示のISBNコード番号の冒頭に「978-4-」をお付けください。

危険！薬とサプリメ[ント]飲み合わせ

佐藤哲男

ビタミン剤に代表されるサプリメントだが、薬との飲み合わせによっては、命の危険にさらされることにも。

四六判並製　208頁
定価1365円　86029

フジ子・ヘミ[ング]「魂のことば」

フジ子・ヘミング

世界的ピアニストとなった著者が語る、優しさがにじむ言葉の数々。生きる力が湧いてくる一冊。贈り物に最適。

新書判上製　176頁
定価1260円　86029-

■小社の書籍は、最寄の[書店で]お求めください。もしくは[小社]で直接お問い合わせく[ださい]。
※本の冊数にかかわら[ず、お買]い上げ金額が1,500円（[税込]未満の場合は送料及び[手数]料として500円、1,500[円以上（]税込）のお買い上げの[場合は]200円（税込）となります[。]

りかかった途端に、左しか見えない目が眼底出血した。資料を妻に朗読させながら、どうにか一冊書き上げた。

本を仕上げた後も、雑誌記事の〆切りがある。妻が死んで三年半。不完全な視力でオムレツとトーストを焼き、紅茶を淹れて朝食を作る。食べながら仕事の段取りを考え、仕事しながら晩のおかずを考える。どちらも冴えない出来上がりになってしまう。そこへ去年の秋頃から、視界が混濁し始めた。あ、来た、白内障だ、トシだ、と私は思った。

白内障は、昔「そこひ」または「白そこひ」と言った。平凡な病気である。手術は、前述のように簡単である。だが十八年前に気軽に手術を受けた己の軽率さを覚えているから、私は白内障手術に飛びつかなかった。俗に「盲腸切るにも三軒回れ」というではないか。まず医者を選ぼうと思った。

定期的に診察を受けている近所の総合病院の眼科と渋谷の眼科クリニックで、医者に相談した。前者は「この眼では（手術は）ちょっと……」と言葉を濁し、後者のT大学名誉教授（眼科）は「まあスタンドを明るくして、もう少し頑張って下さい」と、どちらも手術を勧めなかった。

左眼だけの、かけがえない独眼である。網膜からの情報を視覚中枢に伝える視神経は、半分がた死んでいる。眼底出血を治療したときの瘢痕《はんこん》が残っている。私は目に関する限り、前科数犯の病人だった。しかし白内障の手術は、眼の水晶体の前嚢に三ミリほどの疵《きず》をつけ、そこから超音波吸引装置で白濁した水晶体を吸い出す。疵口から折り畳んだ人工レンズを入れ、固定させれば手術は完了する。濁りのなくなったレンズを通して眺める風景は、くっきりと澄んで見える。普通であれば十五分か二十分で手術は済む。水晶体の奥の硝子体のさらに奥の網膜には無関係だから、腕のいい眼科医なら、私を治療できるはずである。

どの医者に頼ろうかと思案するうちにも、私の白内障は恐ろしいほどの速さで進行した。おかしいな、景色が少しボヤケてるな程度だったのが、まもなく物がまるごと見えなくなった。自宅から表へ出て門扉を閉め、数歩歩き出したところで、私は向こうから来る婦人と正面衝突しかけた。寸前に見えたので立ち止まったが、彼女はびっくりしただろう、家から出てきた男が、いきなり自分に体当たりしかけたのだから。だが私の視野からは、婦人の姿は完全に消えていた。彼女が人間でなく車だったら……？

そのうちに横断歩道の信号が見えなくなった。これは生死に直結する。他人が渡るのを見て一緒に渡っていたが、我が人生の見納めの景色は迫り来る大型トラックのバンパーかと思うと情けなかった。視界の濁りは、やや黄色を帯びている。空がどんより曇って見える。視覚は温度の感覚をも左右するらしく、私は「今年は猛暑だと言うが、割に涼しいじゃないか」と、ひそかに気象台を疑った。このままでは、渋谷のクリニックに行くのさえ危ないと感じた。

そのとき、奇跡のようにワシントンの古森義久氏から電話があった。ベトナム戦争の終幕を取材した頃の同僚である。用件は忘れたが、近況を問われたので私は白内障の話をした。すると古森氏は卒然として言った。

「それなら、いい人を知っている。杏林大学病院にいます。優秀な人です。診てもらったらどうですか。理事長も知っているから、紹介しましょう」

そう言ってアメリカ女性の名を挙げた。実は十八年前に脳下垂体腫瘍の手術により薄明になった翌年にも、古森氏の紹介でサンフランシスコのカリフォルニア大学病院の名医に診てもらいに行ったことがある。そのときは「これは治らない。きみは一人でアメリカまで来られたんだから、その灯を掲げて今後の人生を歩んでいきなさい」と言われて帰ったが、偶然にも同じ古森氏に再び助けてもらうことになった。医者と縁を結ぶに当たって、この「紹介」がどんなに役立つか、御存知の方は多いだろう。

私は血圧、脈拍、血糖値、中性脂肪その他、過去三年間の自分の主な指標を表にして準備した。眼と視神経の病歴を、和文と英文で二通りの短いレポートにまとめた。

杏林大学は、横浜の自宅からはるばる遠い。吉祥寺のホテルに泊まり、翌朝妹に付き添われてアナベル岡田先生に会いに行った（五月十七日）。後で他の医師から聞いたが、彼女はハーバード大学を出てから日本で医師免許を取った、つまり「雅子さまクラス」の頭脳の人だそうである。

視力検査に始まる三段階の検査があって、診察室でアナベル先生と対面した。私の左眼を慎重に調べてから、先生は静かに言った。

「手術できないことはないでしょう。白内障専門の先生に診てもらって決めましょう」

待ちかねた一言だった。総合病院と渋谷のクリニックの双方で「この眼はちょっと……」と、手術の可能性を否定され、救いのないままボヤケゆく視界に苦しんできたのである。読めず書けず、これから死ぬまでの日々をどう消していけばいいか悩んできた。眼科の中に、さらに白内障専門の医者がいるとは知らなかった。帰る前に元学部長の部屋に招かれ、激励された。口ぶりから、拙作をお読みになったことがあるらしい。雲間から日が射し込んできた、と感じた。

二度目の杏林大学病院（六月二日）。採血・採尿・心電図の検査があった。早くも手術の準備に入ったらしい。白内障専門医・永本敏之先生の診察室に入った。私の目をじっくり調べてから、先生は言った。

「手術をすれば九九パーセントの確率で成功します。視力〇・五くらいまで回復の可能性があります」

「先生、どうかお願いします」と言って診察室を出た。ホント？　と叫びたいほど嬉しい断言だったが、嬉しいより先に、永本氏の満々たる自信に驚いた。自分は原稿用紙十枚の注文を受けても「難しいけど、まあ書いてみます」としか答えられない。常に五〇パーセント以下の自信である。それを九九パーセントと言いきった眼科医の言葉に、私は働き盛りの男の自負を感じた。妹も「ちょっと言えることではないわね。よっぽど自信あるのよ」と、感心した。

その間も視力はどんどん落ちていく。無事に病院まで行けるかと心配になってきた。そこを敢て渋谷のクリニックに出かけ（六月二十一日）、T大学名誉教授に会った。一応の診察の後、杏林大学で手術を受けたいがどうかと、いわゆるセカンド・オピニオンを求めた。

「永本さん？　知ってますよ。白内障手術の巧い方です。安心して（手術を）受けなさい」

名誉教授は明快に請合った。永本氏は、ヨソの大学の専門医にも知られる腕利きの人だったのである。もはや躊躇は無用。自分には片目しかない、これが潰れたらどうしようと、メソメソすべきではない。

もう一度、永本先生の診察（六月二十三日）があった。今度は妹が診察室の中までついてきた。最初のときと違って、先生は少し慎重だった。

「視神経がやられているから、手術しても足下は見えないでしょう。だが、かなり視力回復の可能性があります」

九九パーセント成功すると繰り返されるより、そういう言い方をされた方が好もしかった。もう疑問の余地はないが、妹はいろいろ質問した。母親に付き添われた男児のように、私は小さくなっていた。別の部屋で目玉のサイズを測り、事務の人が来て入院日を決めた。個室・差額ベッドにした。死んだ妻が「あなたは個室でないとダメな人」と言ったのを思い出したからである。古森氏の理事長への紹介がきいて、病院に着いてから帰るまで事務の方が世話をしてくれ、私はただただ恐縮した。

入院前日、再びホテルに泊まった。東京都心が三九・五度だった日である。土用の丑より一日早く、吉祥寺で晩飯に鰻を食った。

「これがこの世の見納めかも知れんなあ。鰻の形を覚えとこう」

「お兄さん、ゲンの悪いこと言わんといてよ」妹は手術は成功すると確信していた。

入院（七月二十一日）。入退院会計受付の女性に、私は言った。

「アンズの木を一本植えますから、おカネの方は堪忍してもらえませんか」

彼女はニッコリ笑って「そうはいきませんわ。はい、預託金を頂きます」と、三十万円を取った。昔、呉の国に情け深い医者がいて、患者から金銭の謝礼を受けなかった。ただ病気の軽い者は治ると杏一本、重い者には五本を植えさせた。数年を出ずして医院の周りには杏の林ができた。杏林は医者の美称である。彼女は勤務先の名の由来をちゃんと知っていた。

三度目の永本先生に会った。「それほどよくならないかも知れませんよ。まあ視界は明るくなりますがね」。会うたびに話が少しずつ悲観的になる方である。彼が医学的事実を述べているのは手術失敗に備え予防線を張っているのか、私は判断しかねた。

翌日は手術日。午前九時に目の予備的なチェックがあり、車椅子で手術室へ運ばれた。手術用の椅子の背が倒れて水平になった。目出し布を顔に被せられた。二度か三度、麻酔薬を点眼された。明るく強い光が顔に当たった。チクリとも痛まない。消毒か単に洗っているのか、眼窩の中を水の流れる、せせらぎが聞こえる。ああ僕の目玉は行ってしまったんだと思った。人工レンズを入れるときも、全く感じなかった。とにかく痛くも痒くもない。測りようがなかったが、手術時間は二十分くらいのものだろう、永本先生の声がした――「うまくいきましたよ」。

普通の人は両眼一度に手術はしないだろうが、片目の私は視力を全く失った。車椅子で病室へ運ばれ、妹の声を聞いた。私は明るい方を指差して言った。

「そっちが窓だな」

「そうよ。分かるの？　じゃ、成功したんだ。よかったよかった」

安静にせよと「手術後の注意」に書いてあった。少し眠らせてくれと言って私は横になった。少なくとも明暗は識別できた。あとは運を天に任そう。私は図太い眠りを眠った。

手術室を出たのが午前九時半頃だろう。七時間ほどゆっくり休んで、午後五時前だった。病室に永本ドクターの声が入ってきた。そして「いかがですか」と訊くなり、私の左眼に貼ったガーゼをベリッと剝がした。私は目を開く勇気がなかった。光か闇か？

「目を開いて下さい」

命令されてやっと開き、我ながらヘマな第一声を発した。

「先生、髭を生やしてらしたんですか」

それまで三度、さらに手術室でも顔を突き合わせたのに、私は永本氏が口髭を蓄えているのが見えなかったのだ。

「順調に回復しています。そのうち、だんだん見えるようになります。それまでは目に触らないこと。注意書をよく守って下さい」とだけ言って、彼は出ていった。私は窓の外を見た。三鷹高校の教室と運動場が、思いなしか手術前より少しハッキリ見えた。しかしそれは思いなしかの程度で、話に聞く劇的な、ファンファーレ付き視力回復ではなかった。

病室で一晩寝て翌日の日記に、私は「手術、成功でも失敗でもなかったみたいだ」と書いている。寝ているうちにうっかり手術後の目に触らないよう、たくさん穴の開いたジュラルミン製の眼帯をして寝る。何度も三鷹高校を見たが、視力は改善したようでもありしなかったようでもあった。問題は書斎だ、帰って机に向かい、本を開いて勝負は決まると思った。

さらに一泊、都合三泊四日で退院した。土曜日の朝というのに、理事長が病室まで見舞に来られた。顔の左半分の腫れは、すっかり引いていた。会計係は、預託金の半分以上を返してくれた。妹と姪、私の次男が迎えに来た。

次男は車で来たので、電車を乗り継ぐ苦労なしに帰宅できた。白内障の手術直後は、人ごみに混じるのは禁物である。誰が、どこからぶつかってきて、目を痛めるか知れないからだ。ともかくも無事に退院した嬉しさに、私は書斎に入るより先に自宅から近い駅前の鮨屋へ行き、息子とビール二本を空けた。飲んでしまってから、手術後五十数時間の身であることに気がついた。その後は少し謹慎した。

以後一週間、ほとんど外出しなかった。六時間おきに三種類の目薬を点眼しなければならないし、飲み薬もある。就寝時にはジュラルミンの眼帯をバンソウ膏で顔に貼りつける。顔は洗わず、熱いおしぼりで拭くだけにする。目に汗が入らないよう、乾いたタオルを絶えず手元に置く。シャワーは首から下だけ。シャンプーは一週間禁止。頭が痒くなれば、美容院で仰向けの洗髪をしてもらいなさい。……そういう「手術後の注意」を読むと、イヤでも自分が病人であることを自覚させられる。私は白内障手術の成否は、手術そのものと同じ比重で、この手術後の養生にあると思う。

少年の頃われわれはよく怪我をした。抗生物質は戦後までなかったから、メンソレかヨーチンを塗って済ませた。傷の上にカサブタができる。それをそっとしておくかどうかで、傷の回復は決まった。できものも、触りすぎると皮膚に跡が残った。目の水晶体を吸い取って人工レンズを入れた傷の回復も、少年時代のオデキや擦り傷と原理は同じであろう。

最近、千葉市在住の九十翁が書かれた「白内障手術後の教訓」(「日本古書通信」六月号)を読んだ。彼は町の眼科医の待合室で十人ほどの患者に混じって順番を待ち、呼ばれて手術室に入った。目尻にチクッと軽い痛みを感じただけで看護婦に手を曳かれて待合室に戻った。その日は医院に近い娘の家で休み、翌日再び行って手術後の注意書を貰った。典型的な日帰り手術の記である。悪く言えば、まるで自動車工場の流れ作業。

翁が手術したのは十月下旬。ちょうど主宰する同人誌の〆切りだったので、載せる原稿数編を読んで印刷所に入れ、校正刷りを読んだ。編集者も寄稿するのが例なので、昔の自作に手を入れて新稿にした。すぐに忘年会の季節が来た。「眼と飲食《のみくい》はべつものと考え」新宿、神楽坂、浅草、千葉周辺と、毎週のように忘年会に出た。そのトシで、獅子奮迅の生活である。

年が明けて、眼科医でもある同人の一人から忠告された。「そのハガキで自分の行動が、無知ではすまない無茶苦茶であることに気付かされた」という。手術後すでに半年、眼は良くなったとは言えない、と書いてある。その眼科医の忠告を要約すると、次のようになる。

……白内障手術で視力が回復すると、老人は急に自信を取り戻し運動量が増える。よく喋り、食べるようにもなる。しかし歳を取れば、衰え目が霞むのは天の意志なのだ。

白内障手術は蘇生でも青春の再来でもない。手術前と同じ生活のリズムを保って暮らすのが賢明というものだ云々。

これは白内障手術を受ける年間八十万人への教訓でもある。ほとんど失敗のない手術ではあるが、ドラマチックな視力回復は、患者に過度の空元気を与える。医者は「当分お酒は控えめに」とは言うが、忘年会禁止令までは発してくれない。患者は身のほど、歳のほどを知って自制しなければならない。

杏林大学病院を退院して五日目くらいだった。書斎で何気なく雑誌のページを繰っていて、私はアッと叫びそうになった。自分は天眼鏡を手にしていない！　すぐ机の右隅の国語辞典を取り上げて開いた。字が、眼鏡だけで読めた。「治った！」ちょっと形容のできない感動だった。私の場合は一天にわかに澄み渡らなかった。視神経が脳の中で切れているから右眼はアウト、左眼も視野はメチャメチャである。だが見える部分は、十八年前の脳下垂体手術後、視覚障害者になった頃にほぼ戻った。目の前が「半ば晴れた」と言おうか。

一週間目に永本先生の診察を受けるべく、退院後はじめて外出した。久しぶりの電車。驚くなかれ週刊誌の中吊り広告が、大きい字なら、座ったまま読めた。手術前は字はおろか、あたり一面曖昧模糊だったのである。

先日（八月二十七日）私はまた杏林病院へ行った。手術後ほぼ一カ月のチェックだった。今度は永本先生の顔も髭もハッキリ見えた。「全く問題ありません。〇・五は見えるが、視神経がダメだから見えない部分が広い。自信を持ちすぎないように」と先生は言った。あすにも眼鏡屋へ行って、遠距離と近距離の眼鏡を誂えようと思っている。

一つ小さい注意点がある。景色が濁って見えますと患者が訴えても、眼科医は即座に「では切りましょう」と応じるわけではないのだ。盆栽いじりで老後を過ごす隠居なら、視界の少々の混濁は別条ない。どの程度の白内障なら手術すべきかを教えるガイドラインは、存在しない。個々の眼科医が患者の職業などを勘案しながら、自己の裁量で決める。進行が遅ければ抗白内障薬の点眼でもよし、ビタミンE（大豆、玄米、ごま、鰻など）を多く摂るのもよい。「ぜひ元の視力がほしい。切って下さい」と頼めば、手術をする。その場合も、いい紹介者がいた私は幸運な例だった。日帰りは、あまり勧めたくない。手術の手軽さが、患者に手術後の養生を軽視させかねないからである。

中吊りが読めて自信の生じた私は、病院からの帰途、横浜の「みなとみらい」駅（地下鉄）で降り、プラットホームを大手を振って歩いた。あと二歩か三歩で向こう側の線路に転げ落ちるところ、ハッと立ち止まった。次の瞬間、左手から各駅停車が轟々と入ってきた。私は我が身の軽率さを恥じ、同じ轢かれるならせめて特急電車にしようと決めた。

白内障手術の大先輩・曾野綾子さんに手術の成功を報告したら、お祝いのファクスが戻ってきた。

「おめでとうございます。しかしゴルフとトランポリンとボクシングは手術後よくないそうなので御用心を」

余生をトランポリンかボクシングで過ごそうと思っていた私は、残念ながら御忠告に従うことにした。

万事に心配性である私の手術報告は、少し暗過ぎたかもしれない。だが両眼開いている老人は、安心して白内障手術を受けるべきだ。心配するのは、片目しかない私のような者だけである。手術成功後の曾野さんは「世の中が変わった！」と書いていらした。

眼科の門から棺桶が出ていくのを見たことがない。心安らかに手術を受けること。

森鷗外は高齢者必読の書『妄想』の中に、「もはや幾何《いくばく》もなくなっている生涯の残余を、見果てぬ夢の心持で、死を怖れず、死にあこがれずに」生きていく一老翁（鷗外自身のことか）を描いている。白内障と付き合うに当たって昭和ヒトケタ、またはそれに続く世代が、学びたい心がけではあるまいか。

御先祖様になる話

これは、私が生きながらにして御先祖様になった話である。それは、私だけに特殊な、思い込みのような一晩だったかも知れない。しかし同じような体験は、世の老人一般に起こり得る筈だから、御参考までに記すことにする。順を追って話すが、まず簡単に自己紹介しておく。

首都圏に三十年も住んで、休まずに翻訳したり雑文を書いていると、自然に出版社の編集者に知り合いができる。年に一度か二度の何かの賞の授賞の前に、名前を思い出してもらえる。思い出してくれさえすれば、誰にだって一つか二つは取るに足る個性なり長所があるから、受賞者の員数に入れてもらえる可能性が生じる。私も、なぜ貰うのかよく判らない賞を、三つ貰った。

謙遜でなく、自分が賞に値する名作を書いたとは思えない。「東京サロン」という、社交サロンに似た相互賞賛組合に出入りするうちに棒に当たっただけである。賞金百万円というのもあった。イイ気になって授賞パーティで挨拶したが、源泉徴収してないカネだから確定申告の日にゴッソリ取られ、青くなった。ちなみに世に名高い芥川賞は、正賞・時計、副賞・百万円だそうである。

D君は、私の中学校時代の同級生で、従ってすでに古希を超えた老人であること、私に等しい。中学時代は、野球部でレフトを守っていた。といっても、戦中から戦後にかけての五年間(旧制中学)のことだから、いまの野球とは野球が違う。グローブもボールも自分の手で縫い、開墾地を平らに戻したがデコボコの残る校庭で、打ったり走ったりしていたのだ。

彼もいま首都圏に住んでいるが、われわれは大阪人である。そうは言っても、ナンカシテケツカルネン、ドタマハッタオシタロカの吉本興業製大阪人ではない。D君は西天満の出身。西鶴の「好色五人女」によく出る、古い町柄である。私は島之内生まれ船場育ち。ただし中学生の頃は大阪市内(昔は「煙の都」と呼ばれた)の煤煙を避け、阪神間の住宅地から阪急電車で通学していた。

D君は商売のかたわら、小説を書き続けてきた。郷党の先輩である織田作之助に似た、大阪弁交じりの饒舌体で綴る。私も著書を貰って読んだ。構成・描写・文章とも巧いが、惜しいことに舞台が悪い。彼と彼女が相生《あいおい》橋のたもとで会《お》うた、と書いても、東京の読者は何の感興も催さない。道頓堀を出外れた、ネオンが遠くに光る淋しい橋のあたりを、読者が想像してくれない。大阪の風景は、彼らの心にイメージを描かないのだ。編集者も同様に、大阪という町を知らず、知る気がない。そのくせ「新宿ゴールデン街のとっつきの……」といった表現のある小説を平気で載せる。現代文芸を含む情報産業は、甚だしい一極集中産業である。

そういうハンデがあって、D君は文学賞には無縁のまま今日に至った。しかし無冠だが作家は作家である。それに反し、私は半生を新聞記者として過ごした。作家は文章を扱うが、新聞記者は世間を扱う。同じように原稿用紙に書くが、格が違う。作家は文を操りつつ神に近付く。記者は虫のように地べたを這い回る。そういう差があるから、私は日頃から作家なる人種に畏敬の念を抱いている。以上が、少し長くなった予備知識である。これからが本題になる。

私のところに芥川賞・直木賞の授賞式および披露パーティの案内状が来た。いつも来て、いつも「欠席」の返事をする。今回も欠席のつもりで、取り敢えず封筒を机上に積んだ資料の上にポンと置いた。そのうちに少し気が変わってきた。

今回の受賞者は二人の若い女である。それも十九と二十歳《はたち》というので、すでに新聞に大きく出た。二人は現代のスターになり、彼女らの本は飛ぶように売れているという。

私はひそかに、笑わせんなよと思った。小説なら、われらの世代の常識は鷗外、四迷、紅葉、漱石、秋声、それに芥川龍之介や志賀直哉先生である。いずれも深く考える人である。人生の浮き沈み、人間という天使と悪魔をよく知らず、焼夷弾の降ってくる下に坐ったこともなく、夏空にペンペン草茂る真昼に立って詔勅《しょうちょく》を聞いたこともない小娘に、読むに堪えるものが書けるというのか。チャンチャラ可笑《おか》しい。賞も浮世の流行《はや》り物であるから、たまには奇抜なこともあろうが、いくらなんでも十九やそこらの女の子とはね。女で、小説書くんなら、林芙美子の『浮雲』読んだことあんのか。

そのうち、不思議なことにフト気が変わった。待てよ、これは意外にオモロイ社会現象とはちゃうやろか？　そのトシの娘なら、外見かわいらしいのに決まっている。いっぺん顔見たろか？　私はさらに考え、D君を誘って行くアイデアを得た。すぐ電話を取った。

電話だから顔は見えないが、彼は鳩が豆鉄砲をくったような声を発した。何やて？と答えた大阪弁のニュアンス、ちょっと東京の人には説明しにくい。

私は我が行動計画を説明した。われらより五十以上も年下の娘が、作家としてデビューする現場を見るのも一興ではないか、成功というものがどんな形をとるものか、他人《ひと》事だからこそじっくり観察できるではないか、だいいち君は、まだ芥川賞を取ったことがないだろう。何事も経験だ。一度パーティに出ておけば、受賞したときまごつかない。一緒に行ってくれよ。年寄りは、引っ込んでばかりいるのが能ではないよ。どや、ガール・ウォッチングや思て、一緒に行ってぇな云々。

話しているうちに、D君も乗り気になってきた。よっしゃと引き受けた。私は、日本文学振興会にいる知り合いの元編集者に電話してD君の住所氏名を告げ、パーティの招待状を出してもらった。二月某日、東京會舘が、娘作家たちの晴れ舞台である。それから、私自身の出席通知を出した。数日後、彼に電話した。

「招待状、来たか？」

「来た、来た。行くわ。こらオモロそうや」

われわれ大阪人は、東京の地理に疎い。そのうえ私は視力が弱く杖を曳く身なので、初めての場所には行きにくい。D君は小田急沿線、私は横浜からJR。有楽町駅前の電気ビル二十階、外人記者クラブにパーティの始まる三十分前頃と、私が東京で知る唯一の待ち合わせ場所で落ち合うことに決めた。

えらいこっちゃと、数日後に彼から電話が来た。手術後の女房が、まだ後遺症の心配をしている。たとえ経過良好でも、有楽町まで何時間何分かかるか見当がつかんから、いっそのこと東京のホテルに一泊することにする、と言う。野次馬根性に発した授賞式ウォッチングが、少し大袈裟なことになってきた。

さて、当日である。冬の夜はとっぷり暮れていた。D君は、なぜか記者クラブ従業員用エレベーターから二十階のロビーに出てきた。会って話すべき近況は、すでに日頃から電話で話している。

「ほな、そろそろ行くとするか」

「行こ。ちょっと早いけど」

「早かったら、向こうで待ったらええやんか」

まもなく取り壊される予定の元日活国際ホテルの裏をゆっくり歩いて御濠端に出、右に折れて丸の内警察の前を通った。人通りが少ない。視力が弱いため日の暮れた後は外出できない私にとって、珍しい夜道である。

第一生命ビルの前を通った。

「マッカーサーがいはったとこや」

「そや。さすが大きい。夜分こうやって見上げると、よけいごっつう見えるなあ」

「ここで憲法つくりはったんやろ。憲法守れちゅう人間は多いけど、誰もマッカーサーの誕生日祝おうたろという者おらん。なんでやろ」

「ほんまや」

「そやけど、これ二月やろ。ぬくい晩やなあ」

喋る間もなく着いて、東京會舘の入口を入ろうとして、私の名を呼ぶ声がした。旧知の編集者だった。いま『文藝春秋』の編集長だと聞いている。D君を紹介し、二人は名刺を交わした。

「芥川賞のパーティとは珍しいですね」

「なんぼ商売かもしれんけど、あんたとこの会社もエゲツないことしはりまんなあ」

(と、私はおどけて言った)。

「へ、へ、へ、百五万部増刷しましたよ」

「ひゃー、儲かってたまらんやろ」

雑誌を正規の発行日に出した後で追っかけ増刷するのは、普通にあることではない。増刷しても、寄稿者には一銭も払う必要ないから、出版社は丸儲けである。しかも、あの分厚い『文藝春秋』が百万部！　目方で東京が沈みそうだ。むろんエゲツナイと私が言ったのは冗談で、売れるものなら、どの出版社でも増刷する。

「ほな、あとで」と編集長と別れてエレベーターで会場に着いた。まだ五分前だが、受付のテーブルが出て、すでに文春社員が並んで待機している。まずオーバーを預けてから、私はわざと覚束《おぼつか》ない足取りでテーブルの前に進み、一礼して名を名乗った。

「綿矢の祖父でございます」ちょっと驚かしてやろうと思ったのである。

「あら、徳岡さんじゃありませんか」

私の視力ではよく見えないが、たちまち正体を見破ったのは、二十年以上も前から知っている文藝春秋女子社員の声だった。改めてポケットから招待状を出し、胸に赤い造花を差してもらった。D君も花を付けてもらっている。

「何や知らん、晴れがましいこっちゃ」

「君、ホンマに芥川賞貰てみィ、こういうエエ気分になるんやで」

「あほらし。手遅れちゅうもんや」

「まだ少し時間がございますけど、どうぞ御入場下さいませ」と促され、われわれは会場の大広間に入った。入ってすぐのところに衝立を並べて立て、仕切りがしてある。と、そこへまた別の編集者が私を見て声をかけた。ついている杖の功で、私は目立つのである。彼は衝立の一枚をそっと引いて隙間を作り、われわれを招いた。

「まだ早いけど、構いません。椅子にかけてゆっくりしていて下さい」

何年も前から知っている編集者である。私は再びD君を紹介し、二人の間に名刺の交換があった。

「この会場は、カレーが美味いと評判です。忘れずにカレーを食べてって下さい」

「そうですか。おおきに」

「ところで徳岡さん、今度の受賞作は読んだんですか」

「もちろん読んでまへんがな。十九の娘にまで手ェ回らへんから」

待つ間もなく衝立が大きく左右に取り払われ、大勢の人がゾロゾロ入ってきた。敬老精神の発達したコンパニオンが、真っ先にわれわれのところに来て、水割りを握らせた。椅子にかけたまま、二人でくつろいで飲んだ。他の人はみな立っている。立錐の余地ない混みようで、ただ知った顔は一つもない。顔だけ知っている小説家も見かけなかった。誰にも邪魔されず、私たちはゆっくり話し、ゆっくり飲みながらメーンイベントを待った。

「D君、これ、どういう気持ちか、わかるか？」

「どういう気持ちて、どういう意味やねん」

「お盆に帰って来はる御先祖様は、きっとこういう具合やないかと思うんや。住み慣れた家に戻って、誰かが窓を開けたスキにスルリと自宅に入る。入ったのはええけど、霊魂やから生きてる者の目ェには見えへん。御先祖様は生きている者に遠慮しながら、ちょこんと坐っている。生者の視線はときどき御先祖の方を向くが、見えないから焦点を結ばず、通り過ぎる。ほら見てみィ」

私は、周りの人々をD君に指し示した。自分でも奇妙に感じるほど、大勢の客が私の言った通りの無関心な目つきで、われわれを見ては目を逸らした。

そのうち、周囲の人々から色が消し飛んだ。私の目には、あたりの人や物がモノクロになり、彼らの喋る声も消えた。芝居の「だんまり」から色彩を差し引いたような、これまで見たことのない光景だった。彼らは私の周り、手を伸ばせば届く近さに立っているが、彼我の間には遠い遠い距離がある。彼岸と此岸《しがん》の距離だ。

「生者の中には、生前の御先祖様を知っている者も、おらんわけではない。現に今夜も、会場の外で一人、中に入ってから一人、われわれが来たのを認めて声をかけた者がいた。一人は窓を開け、お盆に帰ってきた御先祖様を家の中へ入れてくれた。でも彼らは、生きている者同士の交際に忙しい。あ、御先祖様が帰ってると見ても、目礼するだけで、それ以上の落ち着いた話はしない。D君、生きている者は、みな忙しいんだよ。やがて送り火に送られて、われわれはスーッと冥界へ戻っていく。こうやって話してるボクなんかも、もはや半分死んでるんだよ。きょうも長居は無用。だが、何とうまい具合に、御先祖様そっくりの気分を味わえるもんやな」

人間はある日、突然死ぬのではない。歳と共に徐々に死んでいく。死者も、死んだからといって、いきなり十萬億土に行くわけではない。四十九日、あるいは一年七年、生きて住んでいた場所のあたりをうろうろしている。単なる民俗信仰ではない。現に私は、四十五年連れ添った妻に死なれて三年、いまもテーブルの元の位置に座って食事をしているが、向こう側の妻の定位置に、ときどき彼女の肩の線をありありと見ることがある。幻覚ではない。見えるのだ。

「そやなあ。生きてるうちに御先祖様になってしまうのも、悪うはないわな」

「君、ちょっと触ってみィ。ちゃんと足ついてるか？」

「あほらし。ま、少なくとも御先祖に似てるところはあるわな。君んとこでは、お盆の精霊流し、どこでしたんや」

「太左衛門橋の北詰で、道頓堀に流した」

「そら、道頓堀を水が流れてた昔の話やろ？」

「いや、流れんようになってからは、区役所の団平船があそこで待ってて全部の精霊さんを引き受け、大阪湾まで待っていって流してくれはる仕組みになってたから」

「いまじゃ、そこへ生きてる虎キチが飛び込んどるわ」

「メタン・ガス吸うてまんまんちゃんになったら、生き霊やがな」

「は、は、あほらし」


会長がマイクの前に立って挨拶し、選考委員長が挨拶した。その後で、いよいよ受賞者の番が来た。カメラマンがワーッと演壇を取り巻いたらしい。われわれ二人はグラス片手に椅子にかけ、他の人はみな立っているから、人間の壁に遮られて声しか聞こえない。二人の受賞者のうち「背中」と「ピアス」のどちらが先か、聞き漏らしたが、なかなか上手にソツなく喋っている。一度二度、彼女は会場を笑わせた。まあ笑うだろう。娘っこが賞を取った。みんな笑う心の準備をして来ているのである。

「達者なもんやなあ」

「そやそや。女は十六になったら、もう誰でも子ォ産めるねん。度胸でけとる。それに比べたら、男なんて他愛ないもんや。われわれ、あきまへんなあ」

二人目の女の子が登壇した。相変わらず見えない。

「おいD君、せっかくここまで来たんや。目玉商品見ずに帰ったら損する。どや、ここらへんのお客さん、全員われわれより年下やろ。ちょっと失礼して、椅子の上から覗かしてもらわへんか？」

「そらエエ考えや、そうしよ」

D君と私は靴を脱ぎ、椅子の上に立って背後の太い柱につかまった。場所がよかったので、ひしめく百人ほどのカメラマンの頭越しに本日のスターが、私の目にもハッキリ見えた。

短めのスカート。ハイヒール。いいスタイルしている。スラリとそろえた脚。視力さえあれば、ピアスが見えるところだ。私は、並んで柱につかまっているD君に囁いた。

「これ、フィギュアスケート選手の優勝祝賀会ちゃうか？　入口、間違えたんやないやろな」

「アホ言いな」

そんな小娘に小説書けるかと、せせら笑っていたが、こうやって見る「現場」の「主役」には、やはり否定できない現実感がある。三十か四十くらいまで、彼女らは同じ体型を保っていることだろう。しかし、われわれが彼女と同じ二十歳だったとき、戦争に負けたから徴兵検査はなくなっていたが、当時はこの子と同じくらい痩せていた。そうだ、隣の朝鮮半島では戦争が始まっていたのだった。日本の青年も駆り出される危険があった。

船場の住宅兼事務所の我が家で、何やら長く難しい話をしていた父が、受話器を置いてから言った。

「M社はん（いま大総合商社）からや。パラシュート用の絹布を至急五百枚分、何とかならんか、調達でけへんか、開いても開かんでもええから、というんや。××日までにとは無理な注文やから辞退さしてもろた。だいいち、開かんパラシュート作るような阿漕なこと、でけへん。M社も罪なことしよるわ」

私は、飛行機から飛び出した瞬間、自分のパラシュートが開かないのを知ったアメリカ青年の気持ちを想像した。気の毒だが、私がその立場ならワッハッハッと笑いながら落ちて行くことだろう。

若者の死は、とくに驚くべきことではない。私自身、ラジオの「敵機約×百機、紀淡海峡上空を北上中」という空襲警報を聞いてから、その目標である西大阪の工場街の動員先へ出勤したのだ。十五のときである。勤労動員は、D君と同じ中学から行った。学校から全員が行くのだから、断るすべがない。つまり強制労働だ。なのに戦後、誰も学校を訴えなかったし、いまだに政府を訴えない。なぜなら、そのとき国が戦争していたからだ。

それに比べりゃ、この有様はどうだ。人は装い、酒は溢れて流れ、美味佳肴《かこう》は皿上に盛ってある。しかも全部タダだ。死ぬまで殺されることのない世の中。十九や二十歳の娘を壇上に立たせ、偉い偉いと褒めたたえる。賞を与える選考委員も、もはや防空壕に入った経験ある者は寥々《りょうりょう》だろう。これ文学？　あいつら、いったい学校で週に何時間、漢文習うたというんやろ。「長恨歌」暗唱してみろ。

壇上の受賞者は、気のきいた挨拶をしている。「決して受賞に驕《おご》らず、今夜もパソコンに向かいたいと思います」と殊勝なことを言っている。それで分かったが、いまは機械で原稿を書くのだ。文は筆墨と無縁のものになった。われわれに漢文を叩き込んだ小松先生が生きてられたら、どう仰ることだろう。聞けば選考委員の一人は、横書きの原稿を編集者に渡すという話である。

聞くだけ聞いた。浮世のことは、すべて分かった。おさらばしよう。椅子から降り、お勧めに従ってカレーを頂戴し、オーバーを受け取って、D君と私は外へ出た。夜の丸の内は人影まばらだ。一生を盥と洗濯板で洗濯してきたお祖母ちゃんが、お盆にこの世に帰って、鼻うた歌いながら洗濯機回してる孫娘を見たら、きっと私と同じ心地になるだろう。時は、かく過ぎゆくのか。

「君、どこのホテルに泊まってんねん？」

「ステーションホテル。東京駅の赤煉瓦の三階や」

「ほー、そら便利なとこにしたなあ。明日の帰り、ラクやわ」

「俺がパーティに出てる間、女房は何年ぶりかで夜の銀座を散歩するという段取りにしたんや」

「頭エエわ。でも奥さん大丈夫なんか？」

「今のところ転移はないと、医者は言うとる」

まだ遅くない。東京駅へ行く途中の飲み屋に立ち寄ることにした。すしや横丁の昔から有楽町にあったビヤホールが、なんとかフォーラムの中へ移っているのだ。

「もう一杯だけ、どや？」

「エエなあ。ほな、ちょっとだけ寄っていこか。しかしお前、エライ人、知っとるなあ。編集長と常務やったぞ」

「へエー常務か。そら知らなんだ。一緒に仕事してた頃は、あれがみんなヒラやったんや。御先祖様が生前に知ってた少年がおとなになって社長になる。それもやがて七十翁八十翁になり、御先祖様の仲間入りをする。世間は、そういうふうな順繰りとちゃうやろか？」

「うん、まあ、そんなとこやろ。しかし、二月というのに、ぬくいなあ。昔の二月は、もっと寒かったと思うけど」

人生アテスタントの必要

妻に死なれてからの私は「半分死んだ人」である。俗に「棺桶に片足突っ込んだ」と言うが、私の場合はもっと死に近い。心はすでに棺の中。敢えて形容すれば「生ける屍《しかばね》」であろう。

庭の離れのベッドの上で目が覚める。もう死んだかなと思うが、窓から朝日が洩れている。「あ、まだこの世だ」と早合点はしない。私は根が疑い深い。あの世でも、朝は光が射すかもしれないではないか。

とにかく服を着て杖をつき、ゴミ出しに出る。どこかの奥さんを見て「おはようございます」と呟く。視力が弱いから、どこのどなたか識別できない。我は、あの世でゴミ出しする亡者か？

家へ帰ろうとして登校する上の孫とすれ違い、「行ってきま〜す」の声を聞く。その声で初めて「ああ、生きていた」と、自己の生存を確認する。郵便箱から新聞を取り出し、帰ってミニキッチンに立ってオムレツを焼く。紅茶を淹れ、トーストを焼く。妻の遺影に紅茶を供え、新聞三紙と英語一紙を読みながら朝食をとる。視力弱く隻眼《せきがん》だが、見出しくらいは見える。この世は相変わらず雑事に満ちている。

妻は、死んで七年になる。この本が読者の目に触れる頃には、十年が経っているだろう。私は還暦、古希を過ぎた。ひとりで祝う喜寿も事無く過ぎんとしている。今日か明日かと待つのは、彼岸で妻と再会する日である。

ひとりになって五年間は、隅々に妻の手ざわりの残る家に独居し、ヘルパーさんに家事を託した。一昨年、二八・八平方メートルの離れを庭に建て、母屋には次男一家四人を住まわせた。昼と夜は母屋で嫁のご馳走になるが、すぐ離れに戻る。半ば独居である。寝室、書斎、小キッチン、トイレとシャワーだけの狭い空間だから、移住を機にテレビと縁を切った。以後二年近いが、全く痛痒を感じない。

うろ覚えで恐縮だが、自由律の俳人・尾崎放哉《ほうさい》（一九二六年没）に「咳をしてもひとり」という句があったと憶えている。咳はシワブキではなくセキと読むのだろう。孤独を突き抜けた境地だと評する人がいるが、私もそれに近付きつつある。東京帝大法学部を出た放哉は、いまなら防衛次官になってゴルフ三昧で暮らす道もあっただろうに、職も家族も捨て、寺男として瀬戸内・小豆島の庵に死んだ。

老境に入った日本の男は、捨て始める。預金を捨てる人は少ないが、最初に狙われるのは本である。私も、死ぬまでにもう読む時間のない本、もはや取り組む力を失ったテーマの関係書を、かなり捨てた。売る手もあったが、未練になるので捨てた。今生《こんじょう》の別れだった。

捨てすぎて、必要な本まで無くなったのを知って驚いたが、そのテーマは書かずに死ぬことに決めた。

それでもまだ、庵の壁の一つ半は、天井までの書棚である。丸裸で生まれたからといって、丸裸で死ぬのがいかに難しいか、この本の例によっても分かる。

近頃の人は「こだわる」のが好きらしい。教授会で自己の教育方針を語り、「今年は徹底的にこれにこだわっていきたい」などと言う若い教授がいた。私の世代の常識では、こだわる、拘泥《こうでい》するのは、してはいけないことだった。むしろ自由闊達を尊んだ。だからこそ、本も捨てられたのだと思う。

人生にこだわらない態度にも欠点がある。闊達な人は、無原則・無責任に陥りやすい。だが私はジャーナリストという職業だから、無原則で結構だと割り切っている。思想家やイデオローグとは違い、私と同じ商売に携わる者は、すべて「事実」に寄りかかっている。理論に拘泥しない。

ジャーナリストは、とくに海外取材の場合、ひとりであり、ひとりの方が動きやすい。周囲三百六十度の取材対象が、完全に見渡せるからである。

ちょうど四十年前の二月、私は米海兵隊員と一列になって、小糠雨降る南ベトナムの戦場を歩いていた。遠くにロケット弾の着弾音、近くに倒れている少女の死体があった。その全部がニュースであり、書けた。

また、たとえば日本人記者団でシアヌーク殿下を取材したとき、私は小型タイプライターを提げて行った。元首宮殿でのインタビューが終わるやいなや、私は電報局へ直行し、受付カウンターにタイプライターを置いて、立ったままメモ帳を見ながら原稿を書いた。一枚書けると打電し、二枚目を書いた。コンピューターのない、国際電話が申し込んでから何時間かかるか分からない時代に、原稿は深奥な哲学より送稿速度の勝負だった。ひとりの方が、はるかに記者活動に具合よかった。

しかし「人生」は別である。妻は底なしの壺のような存在で、壺には記憶がいっぱい詰まっていた。長男が自転車で遊んでいて事故をやり、病院に担ぎ込まれた。「お父さん、ぼくもうダメだ」と言う我が子を、私は両腕で抱いた。

助かったからいいようなものを、そういう家族の一大事すら私は忘れかけている。妻は細部まで、しっかり記憶していた。

人生は、ひとりで生きただけではダメである。あなたの人生をアテスト（証明）してくれる人がいて、初めて「生きた。人生があった」と分かる。第三者に認証されない人生は、無いに等しい。

日本の多くの男にとって、その重要なアテスタントは妻である。または孫の「おじいちゃん、行ってきま〜す」の声である。ゴルフでどんな凄いスコアを出しても、アテスタントの署名の入ったカードがなければ無効になる。存在しなかったことになる。あなたの人生も、認識されなければ存在しない。それよりも勲章が欲しい？　どうぞお好きに。

森鷗外は、ひとり安房《あわ》の小さい別荘に住んで死を考える「主人の翁」に託して、死生観を書いている。翁は「死を恐れもせず死にあこがれもせずに、自分は人生の下り坂を下って行く」（『妄想』）と思う。

昭和天皇は崩御の前年の秋を那須で過ごされた。そのときの御製が、期せずして御辞世の形になった。

あかげらの叩く音するあさまだき
　音たえてさびしうつりしならむ

御高齢であった。長くおそばに仕えた者は次々に死んだ。入江相政侍従のような幼友達も逝った。キツツキが林の向こうへ移ったように、人はひょいと彼岸へ移っていく。天皇の深い孤独が胸に迫る絶唱である。

自分が生きていたことをアテストしてくれる妻が生き残れば理想的である。だが妻が先に死んだり老い込んだりすれば、まだ友がいる。

しかし、その友すらも老いて去っていったら、最後には一羽のアカゲラが残る。だがその小鳥までが、まもなく我が身があの世に移るように、林の彼方に移ってしまったら……。

御礼参り

五カ月ぶりに我が家の書斎に戻って定位置に座った。日記を開くと、三月三日以降が空白になっている。雛祭りの日の午後、私は湘南鎌倉総合病院の血液内科に行き、私の体と検査結果を丹念に調べた医師に、「いまから入院しますか」と訊かれた。釣り込まれて「はい」と答えると、すぐ看護師が来て五階の四人部屋へ連れて行った。それから半年近く、途中三度の一時帰休はあったが、私は入院患者として過ごした。病名は悪性リンパ腫。リンパ液のガンだった。

あと数カ月で八十の傘寿《さんじゅ》。私は日本男子の平均寿命に到達した。戦前に生まれ、日本とベトナムで二度も敗戦を見た。八年前には糟糠《そうこう》の妻に先立たれた。この世に思い残すことは何もない。悪性リンパ腫か、よし、それで死んでやろうと思った。死ぬ日まで日記をつけたって始まらない。ガンの解説書なども一冊も読まなかった。だいいち視力の弱い私には、ベッドで日記はおろか、読書すらできない。三月の私の顔には、死相が出ていたはずである。なのに八月五日になって主治医から呼ばれた。

「治療コースの三分の二は終わりました。状態は良好です。あと三分の一は通院でやりましょう。きょうにでも退院してください」

死刑囚が執行猶予を言い渡されたようなものである。入院時の激しい腰痛は、拭うように消えていた。私は次男の嫁に電話して来てもらい、同室の人々に挨拶し、その日のうちに自己を放免した。

入院中に八十キロの体重が六十キロに減っている。歩こうとすると足がもつれ、バランスが取れない。退院に備えたわけではないが、じっと寝ているのが嫌さに、私は毎日休まず病院の長い廊下を歩いた。杖をついて、廊下の端から端まで歩く。両側に病室や給湯室が並んでいる。整形外科が測ってみたら、ナース・ステーションから突き当たりの窓まで五十メートルあったという。私は毎日欠かさず、それを朝夕一往復ずつした。

ある日、ふと気がつくと、窓のはるか向こう、山の中腹に白い像が見える。

「あ、大船の観音さんだ」

いまでも伊豆や箱根からJR在来線の東海道線で帰ってくると、大船駅の左手の山の中ほどに、胸から上を出した観音さんの白い像が拝める。二十メートル以上ある巨像である。私は戸塚の公団団地に住んだ時期があって、毎日観音さんへ登る登山道の入口を横切って大船駅まで歩いたが、一度も参詣しに登ったことがない。私の視力で遠望しただけではよく分からないが、御顔は西方の極楽浄土を直視し、常に左の頬に陽光を受けておられるようだった。

そのうち私は、低い声で般若心経を唱えるようになった。カトリック教徒の身で吾《われ》ながら意外な行為だったが、観音さんがもしマリア様なら躊躇《ちゅうちょ》なく聖母への祈りを唱えていたことだろう。七つで母を喪った私は、日ごと仏壇の前に坐って祖母のお経に唱和した。いまも般若心経なら暗唱できる。先祖代々の霊のために祈った。

さて、私は一応退院を許された。帰宅して一番に息子に頼んだ。

「御礼参りに行きたいんだ。付き合ってくれるか」

「大船観音？　無茶だよ、その足じゃ」

「行けるところまで行こう。ダメなら中途で引き返す」

山の麓に駐車場などないから、バスと電車を乗り継いで大船へ行った。我が町からJRで二つ目。退院から十日目、八月十四日だった。観音さんの参詣口は駅の西口改札から歩いて三分である。

坂道は濃い緑蔭に包まれ、涼しい風が渡っていた。病院の中には坂道も段差も存在しない。われわれは一歩ずつ踏みしめて登った。

上からお婆さんが一人、てくてくと降りてきた。黒っぽい簡易服、関西でいうアッパを着ている。「もうすぐですかァ」と訊くと、お婆さんは笑って答えた。

「なんの。まだ、ほんの始まりですよ」

「あんた、よう登りはりましたなあ」

「私ゃ毎日こうしてお参りさせてもらっています」

「えらいもんや。おいくつですか」

「九十六歳」

二の句がつげなかった。「お大事に」と言って坂の上と下に別れた。それからは息子も私も無言で登っていった。やっと坂道が尽き、最後に七十数段の石段があった。次男が「お父さん、観音さんだよ」と声をかけ、そう言われて初めて頂上に来たことに気が付いた。晴れた夏空を背に、純白の観音胸像が想像以上に大きかったので、私の狭い視野には入りきらなかったのだ。胸から上へ上へと視線を上げていき、やっとお顔が視界に入った。真正面にこちらを見ていらっしゃる。「ああ」と、思わず声が出た。

御礼参りのしるしに一枚の紙幣を折って賽銭箱に入れ、手を合わせ小声で般若心経を唱えた。御礼参りは無事に済んだ。私は脇に寄って、もう一度ゆっくりお顔を拝んだ。

二重まぶたを伏せ、豊かな頬としっかり通った鼻筋、受け口ぎみのお口。顔を上げ、しげしげと拝見した。私は、そのときアッと気が付いた。坂道のとば口で出会ったあのお婆さん。あれは他でもない観音さんだった。

九十六歳の人間が、杖もつかず汗もかかず、誰にも助けられずに毎日登山・参詣できるわけがない。そう言えば立ち止まって彼女と話している間、心地よい微風が吹いていた。病院の窓から観音さんを拝みながら、私はべつに病気が治りますようにとは祈らなかった。ただ昔の祖母に倣《なら》って、先祖代々の菩提のために祈った。だが大慈大悲の観音さんは、すべてお見通しだったのであろう。すべては心の中のことだ。真夏の観音山には、われわれの他に二、三の人影しかなかった。

＊

人は、ときどき神に会う。ポーランドの作家シェンキエビチは、古代ローマのキリスト教迫害に負けて逃げようとしたペトロが、アッピア街道でイエスに会う場面を書いている。森鷗外も『寒山拾得』に、唐代の高級官僚が山寺で賄い坊主に身をやつした寒山と拾得に会うことを書いている。

だが寒山拾得が隠者なのに反し、私が登山道で会った観音さんは六道の苦を断ってくださる菩薩である。私の体験の方が上だと、少し誇らしい気がしている。

昔の音や人の声

故郷に置いてやりたや

いまから十五年、いやもう少し昔の話。私は吉祥寺の近くの女子大で英語を教えたことがある。書斎にこもっていては老けちまうぞと、古い友人に意見され、「週に一度でいい、ピチピチのギャルに囲まれてみろ」と、非常勤講師になったのである。

横浜の自宅から遠いし、まもなく思いもかけぬ右眼失明・左眼薄明という障害を持つ身になったので、一年か二年で辞めさせてもらい、いまでは教え子の顔もすっかり忘れた。

しかし学校側の記録には、元教師の一人として名が残っているらしい。年に一度「むらさきたより」という同窓会誌を送ってくる。百ページ足らずの薄い冊子だが、私は届くたび、時間をかけて「お便り」の欄を熟読する。

そこには卒業生からの近況報告百篇以上が、出た学部・学科に分け、卒業年次、姓名、旧姓を付して載せてある。戦前は女子専門学校だったのが短大に、さらに四年制の女子大になった古い歴史の学園である。去年卒業した人の便りもあるが、なかには「昭和4年卒」などという人からの手紙が混じっている。

「昨年末に結婚致しました」（平成6年、生活学科卒）、「平成十一年十月に結婚し、三月退社し、今は主婦をしています」（同）という便りの後に「二人の子供の母になり、自分の時間をゆっくり持てたら……と忙しい日々です」（昭和61年、幼児教育科卒）、「長男が大学入学、長女が母校に入り中二になりました」（昭和47年、英文科卒）といった便りが続く。

日本国と足並そろえて、日本女性の人生はグローバル化した。たとえば、

「まだカリフォルニア州サンノゼ近郊に住んでいます。一九九九年六月に二人目のアリエル・舞香を出産し、専業主婦としてますます忙しくなりました」（昭和61年、英米文学科卒）、「主人の仕事の都合で、二度目のドイツ生活を送っています。中三、四歳、二歳の息子達と前回とちがった楽しみ方をしています」（昭和57年、同）

だが、やがて——

「主人は定年を迎え、息子も結婚して別に居を構えております。私は健康で太極拳を……」（昭和38年、英文科卒）、「五年近く病気（脳内出血）の主人の看病を致しましたが、

とうとう亡くなり、その後私の体の具合も悪くなりましたが、今では高血圧と足・腰が不自由ながら口は達者で……息子夫婦と三人で仲良く送日致しております。早く同窓会に行ける様にと頑張っています」（昭和19年、女専卒）

そして、ついには――

「本年で九十一歳。神仏のおかげを頂いて長命でがん張って居ります。いづれ近い内にお浄土へかえります」（昭和4年、女専卒）

ごく一部を引いたが、私は毎年これを飽きずに読む。何の解説も必要ないだろう。学園で笑いさざめいていた娘たちは、卒業して人の妻になり、母になり、自分では気がつかぬうちに老いて「お浄土」へ移る日を待つ姥《うば》になる。忙しく「送日致し」ているうちに、一巻の物語は終わりに近づく。同窓会誌へのこの「お便り」は、期せずして雄弁に「女の一生」を語っている。

この四月中旬の某日、私は午後十時二十四分横浜発の寝台急行「瀬戸」で四国・高松に向かった。昨年暮れに世を去った妻の写真を、彼女の実家へ持っていき一泊させてやりたかったからである。

睡眠薬を呑んだが二時間で目が覚め、あとはベッドの上に座って暁闇《ぎょうあん》から明けそめる東海・山陽道を見て過ごした。翌朝七時二十六分の高松着まで、たっぷり時間がある。

闇の中に「かりや」という駅名が一瞬、窓の外を走った。箏曲《そうきょく》の宮城道雄さんは、刈谷の近くで走る寝台車のデッキから転落死（昭和31年）した。そのとき、私は大阪駅前にある曾根崎警察署回りの新聞記者で、「主なき琴だけが大阪に着いた」という記事を書いた。

午前五時ごろ「瀬戸」は一分か二分、その大阪に停車した。千人針を手にして道ゆく人に協力を請うていた愛国婦人会のオバサン。召集されて沖縄へ死にに行く先輩を、群衆と共に沖縄のユンタを歌って送った日のこと。ああ、あそこだった、こちらだったと、私は人影まばらな夜明けの駅前広場に記憶を追った。

須磨《すま》、明石《あかし》の浦は、朝靄《あさもや》の中だった。いつ見ても美しい（だが新幹線からは見えない）、紫式部の昔からの絶景である。少年時代、よく東垂水《ひがしたるみ》の海で泳いだ。「十六年はひと昔、夢であった」という熊谷次郎直実《なおざね》のセリフが浮かんだ。

宇高連絡船すでになく、「瀬戸」は大橋を渡って高松に着いた。駅舎は改築中で、仮駅の改札口で駅員が、昔のように手で切符を受け取った。三十年ぶりくらいだろう。私は四十数年前に駆け出し記者をした町、身を焦す恋をした四国・高松に戻った。

妻の写真を実家の仏壇の亡き父母兄弟の写真の間に置いて一泊させた。私はホテルに泊まって翌朝、栗林《りつりん》公園を歩いた。

七十歳で死んだ妻が二十三か四のときの夏、早朝に公園の池のほとりの茶屋で蓮茶会があった。蓮の花がポッカリ開くのを眺めつつのお点前。彼女は振袖に装っていた。私は取材にかこつけ、カメラを抱いて茶屋の周りをうろうろした。

その頃の私は「高松の中央通りに四国初の交通信号ができた」「丸亀町商店街のラジオ屋が四国で初めてテレビ受像に成功した」などという記事を書いた。今は昔、ひとり栗林公園の池水の布置は少しも変わらない。

女子大の同窓会誌は何百人もが参加して書く「女の一生」だが、妻を喪った私が思うのは妻ひとりの「女の一生」。生まれ育った讃岐から彼女を奪い、大阪の1DKの公営団地から始めて東京にバンコクに、そして横浜で死ぬまで、引っ張り回して苦労をさせた。いっそ高松に置いて、土地の男と結婚させた方が、彼女は幸福だったのではないか。私は幸福のブチ壊し役だったのではないだろうか。

ベッドから起き上がれなくなった妻の脚を、次男は毎夜遅くまでさすっていた。さすりながら「お母さん、どこか行きたいところある?」と聞くと、ポツリ「高松」と答えたという。「何日間くらい?」「ずっと」と答えたそうである。私は妻が死んだ後で、そういう会話があったことを聞いた。

再び妻の遺影を抱き、何の喚起力も持たない新幹線で横浜に戻った。人生は邯鄲《かんたん》一炊の夢である。車中、妻の幸福について考え続けた。

美しかった彼女は、生まれ故郷にいた方が良縁を得たかもしれない。だが、いまさら悔いるのはよそう。詮ない悔恨、無駄な後悔、何よりも無益な自己憐憫《れんびん》ほど幸福を妨げるものはない。アランの『幸福論』に、そう書いてあるではないか。

ある「引き継ぎ儀礼」の記憶

記憶という頼り甲斐ないものに頼って語る。私が満で七歳のとき、二十七の若さで三人の子を残して逝《い》った母の話である。昭和十一年か十二年のことだろう。

阪急電鉄神戸線を挟んで、我が家の向こう側に西宮球場ができた。内野席が二階建てで、甲子園よりずっと見やすい野球場だった。試合が五回か六回まで進むと、子供はタダで入れてくれた。

私は大阪の小学校に通っていたから、阪急電車の定期を持っている。三つ下の妹・絢子を連れて駅構内を通り抜け、よく「職業野球」（プロ野球の戦前語）を見に行った。むろん当時のことだからナイターはない昼間である。

スタルヒンが投げていた。スタンドは常にガラ空《あ》きで、二階への連絡通路が階段ではなく、スロープになっているのが珍しかった。

あるとき、帰りに夕立があった。駅の中は地下道だから濡れないが、ひどい降りである。我が家は西宮北口駅の西出口からわずか五分の距離。雨宿《あまやど》りすればよかったのに、子供にはその知恵がない。私は上着を脱いで妹の頭から被《かぶ》せ、手を引いて走った。家に駆け込んだときはズブ濡れになっていた。

西向きの八畳に籐《とう》の薄べりを敷き大きい座卓を置いた部屋が、我が家の食堂である。母はそこにペタンと座り、私を立たせて濡れたコンビを脱がせながら「孝夫さんは優《やさ》しい人ね」と言った。

コンビとは、シャツとパンツが繋がった、つまりコンビネーションになっている男児用下着である。私の体を拭きながら母が涙ぐんでいたように思うが、希望的記憶だろうか。母に褒《ほ》められ、私は子供心に大変満足した。優しくすれば母は喜ぶのだと、強く感じた。

昭和十二年秋、うららかに晴れた明治節の午後、母は抗生物質があれば死ぬ必要のなかった死を死んだ。か細い声で何度も「死にとむない（死にたくない）」と言った。

それから四十三年間、父は再婚せずに通し、昭和五十五年に同い年の昭和天皇より先に死んだ。

長年の鰥夫《やもめ》暮らし、さぞ淋しかった、つらかったに違いない。妻を喪って同じ立場になったいま、私は初めて親の身になれる。父が独りで老いていった長い歳月を、信じ難い思いで追想することができる。

なぜ再婚しなかったのか？　昔の日本では、継母《ままはは》は必ず「鬼のような」と相場が決まっていた。芝居で見せる中将姫の「雪責め」は、継子《ままこ》いじめのお手本みたいな残酷シーンである。芝居を見ない人も中将姫と聞けばみな、ああと頷く有名な場面だった。しかも奈良の菩提寺の境内には、彼女の父・藤原豊成公の墓がある。春と秋の墓参のたび、我が家はその碑に詣《もう》でた。

繰り返すが昔の継母は、まるでそれが義務であるかのように継子をいじめた。近頃はいざ知らず昔の後妻は、申し合わせたように岩根御前になった。豊成公の碑を見て、父は愛する子らを中将姫にするまいと誓ったのだろう。黙って犠牲になって生涯を終えた。楽しかるべき人生を棒に振った。意志の力が支えた強靭《きょうじん》な優しさ。

十代の終わり頃、私はそれもまた少年の義務であるかのように父に反抗し、つらい思いをさせた。なぜ一つ屋根の下で、片方しかいない親に、もう少し優しくできなかったのだろう。

六つか七つのとき母に「優しい人ね」と褒められた私は、父の晩年になってようやく、及ばずながら優しさを引き継いだと思う。次のようなことがあったからだ。

大阪で長く一人暮らしだった父は、人生最後の大晦日を、横浜の私の家で過ごした。暖かい部屋で私と妻、二人の孫に囲まれ、妻がデパ地下の夕方の「本年最後」の残品整理で買ってきた刺身の大皿に箸をつけながら、父は落涙した。

「お父さん」と言ったきり、私も次の言葉が出なかった。言葉がなくても通じ合うのが親子であり家族である。いま振り返って、あれは家族の中で親から子へ、優しさを引き継ぐ儀式だったのではないかと、私は感じている。

ヨブ記と中野さんの「風」

二年ほど前、物書きが百人ほど寄って、『私の死亡記事』という本を作ったことがあります。一人二ページずつ、それぞれが死んでしまった自分を悼《いた》む死亡記事を書くという趣向《しゅこう》で、自分の一生を総括《そうかつ》する文を書いて一冊にしたのです。

私も参加しましたが、百人の中で最も異彩《いさい》を放ったのは、コラムニスト中野翠《みどり》さんの文章でした。昭和二十一年生まれ、埼玉出身、鋭《するど》い評論や書評でよく知られている方です。

自分の墓には石を使わず、やがて朽ちるケヤキの板に大きな穴を開け、そこを風が吹き抜けるようにしてほしい。木に刻むのは死んだ日付だけ。なぜなら「私は風になりたい」からだ。彼女は自分の来し方を振り返らず、それだけを簡潔《かんけつ》に書きました。

読んで、忘れられない「私の墓」でした。ですから二月九日の御ミサ冒頭《ぼうとう》の朗読《ろうどく》で

「忘れないでください、わたしの命は風にすぎないことを」（ヨブ記七章七）と読む声を聞いたとき、私はびっくりしました。カトリック教会で中野翠さんに会おうとは思わなかった！

お説教では、この「風」と訳された詞の元のヘブライ語は「息」とも訳せるのだという神父さんのお話でした。ためしに帰宅して古い旧約聖書を見ると、「思い出されよ、私の命は息吹《いぶき》にすぎず……」となっていました。

「風」もそうですが、「息」もまた、いろんなことを連想させます。台風のときなど、吹きつのる風が一休みすると、われわれは「風が息をついた」と感じます。神様が練った土に息を吹きかけると人間が生まれたという古い信仰もある。かと思うと、神様が命の灯をフッと吹き消されたとき人は死ぬ。灯は、風によっても消えるものです。

ヨブ記は、読む者を苦しくさせる本です。ヨブは神様を信じ、正しい暮らしをしたのに、神は彼をさんざん不幸な目に遭《あ》わせます。現代人の感覚では、ヨブのような善人にこんな不幸をさせるなんて、いくら神様でもヒドイと言いたくなる。最後まで読めば慰めがあるそうですが、あまりにも痛々しいので、私はまだ通読したことがありません。

もう一度、先の「私の命は風」の前後を引用してみます。

わたしの一生は機《はた》の
梭《ひ》よりもはやく
望みもないままに過ぎ去る。
忘れないでください、わたしの命は風にすぎないことを。
わたしの目は二度と幸いを見ないでしょう。

いのちは風。灯は、いまにも消えるかもしれない。神様、私が生きているうちに、いい報いをしてください、という叫びです。

私は正しい生活をしてきたのに、妻にも子にも死なれ、全財産を失い、信頼する友人には裏切られました。このまま死ぬとはあんまりです……。

この世の幸不幸に左右されながら生きている者、とくに老人にとって、他人事とは思えない痛切な叫びです。神様と人間の関係を、深く考えずにはいられません。

いったい中野翠さんは、ヨブのことまで考えて「私は風になりたい」と書いたのでしょうか。

崩御の日「あの夏」の記憶

昭和天皇の崩御《ほうぎょ》を、私はロンドンの友人からの電話で知った。すでに退職し、もう取材に駆け回る必要がない。静かにテレビを見て昼が過ぎた。

午後三時になった。新聞全紙の夕刊を早く見たいと思い、駅前の売店まで歩いて行った。どこの夕刊もまだです、きょうは五時頃になるそうです、とオバサンが言う。空しく引き返した。

帰途、小さなスーパーの前を通った。短い日除《ひよ》けが出て、その端から垂れた紐が、重しがわりに歩道上に置いたラジオに結んであった。中型の、たしか当時ラジカセと呼んだラジオである。

スピーカーから音が出ている。ニュースである。朝いらい何度も繰り返し聞いた崩御関連のニュースだが、何か新しいことも言っているらしい。

通行人が四、五人、立ち止まってそれを聴いている。私も思わず足を止め、人の輪の中に交じった。

歩道の上に置いてあるラジオだから、聴く者は自然に頭を垂れ、ラジオを取り巻く形になる。全員が黙ってニュースに聴き入っている。

私は、電気に打たれたように思い出した。遠い昔に一度、これと同じ姿勢を取ってラジオを聴いたことがある。突然、鮮明に記憶は戻ってきた。

あたり一面にペンペン草の茂る、真夏の昼だった。旧制中学生の私は勤労動員され、西大阪の工場街にある鉄道省用品庫に勤務していた。いま、それはアメリカ製の遊び場、ＵＳＪというテーマパークになっている。

正午に重大放送があると事務所に呼ばれ、三十人ほどの同級生とラジオの前に整列した。ラジオは地面に置いてあったわけではない。だが雑音の中から玉音が聞こえ始めると、自然に頭が垂れた。聞き取りにくかったが、だいたいは判った。ああ、やっぱりそうか。避けられない敗北だと、十五歳の私はひそかに思った。

崩御を聞いた日、四十年以上も前の記憶が甦《よみがえ》ったのである。それは「この景色はいつか見たぞ」という生易しい既視感《デジャビュ》ではなかった。体をガンと打ちのめし、全身が震えるほど強烈な記憶の復帰だった。姿勢だけでなく、私はあの夏の昼と同じことを、崩御の日に再び思っている自分を発見した。敗戦も死も、不可避なものであった。

高山樗牛《ちょぎゅう》は「やがて來む壽永の秋の哀れ、治承《ぢしょう》の春の樂《たのし》みに知る由もなく」と書いた。平清盛、西八条の館《やかた》の観桜の宴から壇ノ浦での転変のすべてを、昭和は一代のうちに見せた。そして最後に終戦と崩御があり、「あかげらの叩く音するあさまだき　音たえてさびしうつりしならむ」――老いて死の淵を覗き込む昭和天皇の御歌がある。

染め変えられる過去

若者が「エッ、日本はアメリカと戦争したの？」「どっちが勝ったの」と問うと伝え聞いて、老人は慨嘆する。流した血はもう忘れられたのかと泣く。嘆くなかれ、忘却はむしろ健康の証《あか》しである。

沖縄の「ひめゆり部隊」の物語を聞いて、今年は「退屈した」と言う人がいたという。そういう話を聞くと、糸満の洞窟で死んだ肉親を持つ者は堪《たま》らないだろうが、人は昨日を忘れることによって明日を生きる。

戦後六十年を機に「あの戦争」が改めて語られ書かれている。私は今回がおそらく最後だと思う。戦後七十年には、語れる人はあらかた死んでいる。命ある者の記憶は断片になっている。

私は「真珠湾40年」のハワイを取材したことがある。日本が奇襲したとき軽飛行機でホノルル上空にいた人、撃沈された戦艦の乗組員、現場へ走った新聞記者などが生きていた。彼らの記憶は鮮明で、きのうのことのように語った。だが今年もし行けば、もうダメだろう。語られるのは現在の色に染め変えられた過去であり、もはや無色の歴史ではない。「あの戦争」も同じである。

終戦の詔勅《しょうちょく》を、十五歳の私は西大阪の工場地帯にある鉄道用品庫で聞いた。それに先立つ数カ月は、空襲と機銃掃射の日々だった。旧制中学生だが勤労動員され、鉄道員になって働いていた。あす死ぬかもしれないが、大多数の日本人は運命の素直な子だった。国が戦っているのだ、死んで当たり前だと思っていた。

それから三十年後、私はベトナムで再び負け戦を見た。一度だけだが、もう二度とないと思っていた空襲にも遇《あ》った。「あの戦争」の空襲被害者はお許しいただきたい。頭上の敵機を仰ぎつつ私が感じたのは、一種懐旧の情に似たものだった。

勝利から三十年。今年（二〇〇五年）の四月、ベトナムの老将軍たちは、よほど嬉しかったのだろう。口々に「あの勝利」を語った。一九五四年ディエンビエンフーの勝利にまで語り及ぶ執念深いやつさえいた。共産主義から逃れようとして死んだ何万ものボートピープルは、彼ら「勝ち組」の念頭にはないらしい。

戦争は、必ずしもエエもんとワルもんがいて起きるのでないことは、人間同士のあらゆる争いから類推できる。勝者は記憶の風化を見計らいながら、過ぎし戦争を自分好みの色に染め上げる。

毛沢東に会った田中角栄は、「重大な損害を与えた責任」を認めて詫びた。毛は笑って「謝る必要はない。日本が攻めてくれなければ、われわれは（蒋介石に）勝てなかった」と言った。

中・韓は日本の侵略を言い募るが、満洲事変の性格は『完訳　紫禁城の黄昏』（祥伝社）を読めば一変する。しかし日本は極悪非道だと言い張る人の袖をとらえて説いても、いまさら改宗しないだろう。徒労である。

私は七月二十一日、夏の昼間に一人で靖国神社に参拝した。拝殿に立つと、奥の方から涼しい風が吹いてくる。不思議だった。

いまだ「山の音」を聞かず

倉橋由美子さんが亡くなった。新聞の死亡記事はやや遅れ、死んでいたのが分かったという書き方をしていた。享年六十九。まだ日本の女の死ぬ齢《とし》ではない。

遺稿『偏愛文学館』（講談社）が出た。短い書評三十数篇を集めて一冊にしてある。ページを繰って、川端康成『山の音』が入っているのを発見した。もとより戦後文学の中の記念碑に入る名作。倉橋さんは「死の予感が、低い不気味な『山の音』として鳴り響いていています。老境に入った人が読むには恐ろしい小説なのです」と書いている。彼女の「偏愛書」の一冊だったらしい。

私は書棚から『山の音』を抜き出した。全十巻の選集の一冊で、町春草の装丁が美しい。ずっと前、国立劇場で町さんの隣に座り、紹介された。「あ、川端さんの選集の」と咄嗟《とっさ》に出て、町さんはたいへん喜んで下さった。

『山の音』の主人公・信吾は数え六十二で、鎌倉の家から東京の会社に通っている。妻の保子は一つ年上で、夫婦は一つ部屋に寝ている。年のせいか、近ごろ保子が大きいいびきをかくときがある。

信吾はいつものように、妻の鼻をつまんで振るようにした。鼻が少し汗ばんでいた。妻の体に触れるのは、もういびきを止めるときくらいになったのか。

蒸し暑いので信吾は起き出して雨戸を一枚だけ繰り、しゃがんで庭の闇を見る。シンと静かな月夜だった。葉から葉へ夜露の落ちるらしい音が聞こえる。そのとき、山の音がした。山が「鳴る」のではない。深い底のある音だった。耳鳴りかと頭を振ったら、音はやんだ。

川端さんは書いている。

「音がやんだ後で、信吾ははじめて恐怖におそわれた。死期を告知されたのではないかと寒けがした」

私は顧みて自分の場合を考えた。還暦の頃、私はもう妻とは別室に寝ていた。寝る時間が違うのと私の歯ぎしりのせいだった。ところが今度、五度目か六度目に『山の音』を読み返して、ふと気付いた。信吾と保子が枕を並べて寝るのには理由がある。それは、蚊帳《かや》があるからである。昔の日本の夏は、蚊帳がなければ眠れなかった。そして蚊帳には一人用というのがない。

川端さんは昭和二十四年、五十のとき『山の音』を書いた。私はその齢をはるかに超し、川端さんの自殺の齢も超えた。倉橋さんも、私より若く命を閉じた。

老いてなお私は雑用に取り紛れ、山の音を聞いていない。作家は「処女作に向かって成長する」と、よく言われる。私という老人は、いまだに若者川端の書いた『山の音』という一冊に向かって老いつつある。目覚めて庭の闇を見ることはあるが、告知はまだない。

「別れ」が消えた

近頃、日本人は別れなくなった。また、別れる人を送らなくなった。

こういうことは統計に出ず数字にもならないから、われわれは各自に胸に手を置いて、振り返ってみるしか方法がない。たとえば過去一年間に、あなたは何度、駅へ行って旅立つ友人その他を送りましたか？

昔はもっと頻繁にプラットホームに立ち、人を見送った。つまり、別れがあった。

汽車の窓から手をにぎり
送ってくれた人よりも
ホームの陰で泣いていた
可愛いあの娘《こ》が忘られぬ

トコズンドコ　ズンドコ

この歌が流行ったのは六〇年代末、町で全共闘と機動隊がさかんに衝突していた物情騒然の頃だが、もう東海道新幹線は走っていて、手を握りたくても窓が開かなかった。開かなくなった後もしばらく、日本人は汽車の窓を通じて意思疎通ができるものという想定の下に行動した。

「母は……私が客席に着くと、窓の向こうから、身振り手振りで最後の注意事項を伝えてきた」（小川洋子『ミーナの行進』）

これは一九七二年に、小学校を出たばかりの女の子が母に別れ、ひとりで山陽新幹線岡山駅を発つときの情景で、御記憶の方は多いだろう。声を張り上げる人、大袈裟なパントマイムを演じる人など、かつて新幹線の別れのホームには、しばしば微笑を誘う滑稽な人々がいた。

日本に田舎者がいなくなったのか、それとも別れを惜しむ感情が薄れたのか、近頃あれをとんと見なくなった。

日本が独立を回復してまもない頃と思うが、永井道雄氏（故人・元文相）が海外事情視察に旅立ったときの話を聞いたことがある。羽田空港に一つだけの国際線搭乗口（あの直角に折れて右へ消えていく赤絨毯）の前は黒山の見送り人だったが、その中に文豪・谷崎潤一郎がいたのには、さすがに驚く人がいたそうだ。

実は谷崎さんの傍らには、娘・鮎子さんの姿があったという。送られる永井氏は、政治家にして一世の雄弁家だった永井柳太郎の長男、当時まだ独身だった。三国一の婿どの。申し分ないお見合いの場である。

別れは、送る方も送られる側も、いささか気分の昂揚がある。人生の、各種の劇的出来事を兼ね行うことができた。

別れの情趣を殺したのは、汽車よりも飛行機の方が先だった。旅客機がどんなに発達しても、船出のようなドラの音、螢の光、五色のテープを演出することはできない。人気スターを送るため大挙して成田空港へ押しかける例はあるが、あれはきぬぎぬの別れではなく、イベントの延長ないし気勢を上げに行くのである。

飛行機に続いて鉄道の駅からも、別れが消えた。消した犯人は誰か？　開かない窓よりもケータイが主犯である。

さっき別れた人とでも、ちょっと親指を使えば、その人にメールを送ることができる。すぐ返信が来る。彼らは別れない。駅まで出向いて、泣いたり手を握ったりするのはアホらしい。

近頃の日本人は、常に「繋がっている」状態にある。ケータイは、もはや単なる携帯可能な電話ではない。人間の五官の一つになり、人と人をガッチリ繋いでしまった。

山梨県で、下校途中だった小学一年の女の子が、男の人に手を引っ張られた。振りほどいてランドセルに付けていた防犯ブザーを鳴らしたので、咄嗟《とっさ》に近くにいた小二の女児がケータイで撮影し、オートバイのナンバーから逃げた犯人（少年だった）はすぐ捕まった。

ニュースを見て私は、女児の機転に感心するより先に、反射的にケータイを取って操作することのできた、その使い慣れように唸った。

これではもう、人と人は別れられない。映画「また逢う日まで」でガラス窓越しの有名な接吻シーンの後、久我美子が死地に赴く岡田英次にメールで「英チャン♡窓の外側、汚れてなかった？　内側はきのう拭いたところだからダイジョーブ♡」なんてメッセージを送ったら、二人の恋はどうなるか、まあ考えてみてください。

ケータイは、人から別離を奪った。別離の後に必ず来る孤独をも奪った。別離や孤独は淋しいもの、せつないもの、避けたいものである。それは、ときには人を死に追いやることさえある。できれば味わうことなく、一生を気楽に暮らしたい。人間ひとりぼっちになってみても、仕方がない。

しかしまた思うには、別離と孤独を知らない人間は、私にはちょっと想像できない――一種怪獣に似た動物になるのではないか。考えるのすらコワイ。だから私は深く考えず、ボンヤリした不安を抱きながら時の流れに任せている。

可笑しいほどブルブル震えた

若い夫婦は、沼のほとりの家に女中と三人で住んでいる。大阪にいる妻の祖母の病気が思わしくない。もう八十四で、妻はお祖母ちゃん子である。「早く行ってあげなさい。ゆっくりするといい」と、夫は遠慮する妻を送り出す。病気は長引き、妻の大阪滞在は四週間になった。

夫（小説家らしい）も出かけ、妻と一緒に十日間ほど看病し、病人はさいわい持ち直す。夫婦は東京郊外の家へ戻った。それは晩秋のことである。

年が明け、うららかな春になる。鶏小屋の世話をしようと庭に出た夫は、滝が女中部屋の窓から妙な声を出して空吐《から》きしているのを聞く。ははぁ悪阻《つわり》だなと気付く。彼は父の家にいたとき、女中に手を付けた前科がある。

医者に診《み》せて滝の妊娠がもし妻の留守中なら、真っ先に疑われるのは自分だなと思う。妻も勘付いたらしく、この四、五日、何だか元気がない。俺は関係ないよと一声かけようか？　いやもし妻が自分の否定を信じなかったときは？

三日間躊躇《ちゅうちょ》した後、彼は部屋に坐っている妻を「おい」と呼ぶ。「気が付いたか。滝の空吐き、あれは悪阻だよ」と言う。妻は答えない。

「知っていたか。それなら、なおいい。しかしそれは俺じゃないよ。……俺はそういうことを仕兼ねない人間だが、今度の場合、それは俺じゃない」

再び暫時の沈黙がある。妻はしばらく唇を震わせていたが、やっと「ありがとう」と言うや、大きく見開いた眼から涙がぽろぽろとこぼれ落ちる。

志賀直哉三十代の短篇『好人物の夫婦』である。私が四十五年連れ添った妻に死なれた後にやっと知った夫婦愛の機微を、志賀さんは三十代でズバリ見抜いて、それを語っている。

夫と妻という二種の異なる金属を一つにするには、熔接の火花を飛び散らさねばならない。それは「夫婦には山あり谷ありだ」と言える程度の生易しい起伏ではない。夫と女中を家に残して自分は大阪へ行った。二、三カ月後に女中は子を孕《はら》んでいる。妻にとって、それは結婚と人生の破局かもしれない。

そのとき夫が、自らすすんで「俺じゃない」と言ってくれた。妻の一生は奈落の底から救い上げられた。

　志賀さんの描く夫婦は、このあと「滝にはできるだけのことをしてやりましょうね」「相手の名を聞き出すこと、その他の一切はきみに任せる」と穏やかな会話を交わす。夫婦は危機を脱した。よほど興奮したのか、妻は手や体の震えが止まらない。小説は「可笑《おか》しいほどブルブル震えた」で終わっている。

心が歌に「二月堂の声明」

三月も半ばに近く、そろそろ水ぬるんでもよさそうなのに冬が尾を引く。「寒いなあ」「当たり前や。御水取りやんか」「あ、そうか。寒いわけやな」。関西人は昔から仏教行事に託して季節の移り変わりを受け入れてきた。

今年は暖冬で、膚《はだ》を刺すような寒気はなかったが、私はこのトシで初めて奈良・東大寺二月堂の修二会《しゅにえ》、いわゆる御水取りを拝観してきた。拙《つたな》い文章によっては伝えられない、それは民族の行事と呼ぶに値する厳粛なものだった。

御水取りといえば誰しも、回廊から突き出される大松明《たいまつ》、群衆の頭上に降り注ぐ火の粉、一年の無病息災を願って燃えかすを争い拾う人々の姿を思い浮かべる。たいていの人は、それで行事はおしまいだと思っている。

三島由紀夫『宴のあと』でも、女主人公が長谷川如是閑《はせがわにょぜかん》らしい老人らの招待客に同行して奈良へ御水取りを見に行くが、松明が消えたところで一同ホテルに引き揚げてしまうことになっている。

しかし本物の御水取りには、それから先があり、その方が行《ぎょう》の根幹である。

松明に導かれて、十一人の練行衆《れんぎょうしゅう》が二月堂内陣に入ってくる。真の闇の中に、木の履《くつ》で廊下を踏み鳴らす音がとどろく。私は百人くらいいるのかと思った。長らく下駄の音を聞いていないからだ。僧らが五体投地する悽愴《せいそう》な音が続く。

練行衆の坐すあたりから、声明《しょうみょう》の声が起こる。闇を貫く単旋律、無伴奏の男声合唱、というより唸りに似た声。後で知ったが、東大寺の過去帳の読誦だった。

声は一段と力を帯び、声明の本文になる。古代インドに発する梵歌《ぼんか》で、サンスクリットだから意味は判らない。だが御詠歌や和讃より、はるかに力強い。三カ月のあいだ共に参籠《さんろう》して精進潔斎《しょうじんけっさい》、同じ物を食い同じ経を誦してきた男十一人が、衆生に代わって仏に罪を懺悔《ざんげ》している。私は自ずと平伏し、畳にひたいを擦りつけていた。

日本に昔からある祝詞《のりと》は、書くよりも唱えるものであろう。和歌も黙読より、まず朗誦されるものだった。歌会始で節をつけて朗々と読まれる歌は、清らかで古雅の極みである。敷島の道は、神道と手を携えている。

私は、二月堂で声明を初めて聞いた。一つ修道院に起居する修道士の歌うカトリックのグレゴリオ聖歌を、一段と男性的にした、それは紛れもない歌だった。

神や仏に縋《すが》る、また赦《ゆる》しを請うとき、人はまず声を発し、それは自然に調べなり旋律を持って歌になるのではないか。神と繋がるとき、人は字などよりまず叫ぶ。声を発する。それが音楽へと成長するのだ。私はそう思いかけている。

過去へ向かう旅

昭和生まれの日本人が、とうとう一億人を割ったという。来年（二〇〇八年）の一月が来れば、平成生まれの先頭ランナーが成人式を迎える。それからさらに八十年の月日が経てば、最も若い昭和生まれも百歳になっている。医学の技術がいかに進もうとも、それほど多数の人が百まで生きるとは思えない。すなわち、あと八十年ほどで、「昭和生まれ」という特殊な民族は、地球上からも日本の社会からも、ほぼ消え失せる。

新聞の朝刊には週刊誌の広告が出る。少しでも多くの人の目を惹《ひ》こうと、スペース一杯を使って雑誌の内容を売り込んでいる。夕刊には旅行会社の広告が載る。ローマに泊まりナポリに日帰り、フィレンツェとベネチアに各一泊、その間にミケランジェロを見てラファエルを見て、ミラノ聖堂はバスの中からと、これまたギッシリ盛り沢山な日程を誇っている。

雑誌とツアーの広告を見るたび、私は日本人が余韻を好み余白の美を愛するというのはウソだなと独り苦笑する。

私は滅多に週刊誌を買わない。広告を見て済ます。また団体旅行でくたくたになるのを嫌い、気儘《きまま》な独り旅を愛する。

私の旅の行先は、必ず「過去」である。先日は奈良へ行った。母方の菩提寺に参って墓を掃き、住職に案内されて二月堂の御水取りを拝観した。練行衆《れんぎょうしゅう》が深夜に及ぶまで唱える声明《しょうみょう》を聞き、深い感動を覚えた。

また二週間ほど前には、大阪・住吉区にある府営団地を訪ねた。四十数年前、今は亡き妻と初めて「我が家」を持った賃貸団地である。今は堺の中百舌鳥《なかもず》まで行く地下鉄が、当時は西田辺が終点だった。西田辺で降り、だいたいの見当をつけ、杖を頼りに歩いた。

人通りの少ない日曜の朝だったが、さいわい途中で親切なお婆さんに出会い、無理だろうと思っていた目指す団地を再発見した。樹木みな亭々と伸び、見違えるようになっていた。

年配の御夫婦が花の手入れをしていたので挨拶すると、奥さんが応えた。

「四十何年前？　私どもは住んで五十年になります。八十です。ここで子育てをし、みんな巣立っていきました」

昔は我が家と同じ階段の一階1DKにいた方だと判った。ウチも長男をその団地で育てたので、長話になった。

「風呂屋さん？　ああ、とっくになくなりました。その代わり、大阪府が家を二軒ずつくっつけ、風呂場を造ってくれたんですよ」

はるばるフィレンツェまで行っても、こういう身近な会話はできないだろう。ミケランジェロは四百数十年前の人、この婦人は四十数年前の人である。私だけに大切な、昭和三十年代の近所の話を、その場で語ってくださった。

世の中の人は、好きなように前向きに進むがいい。私は必ずしも「前向き」が素敵なことと思わない。今年を昭和八十二年と数え、その心持ちで暮らしている。進むときは、後ろへ進む。

前向きの考え方をしよう。前向きに進もうと力む人々に背を向け、私は過去に向かって旅をする。驚くなかれ前向きに進んで出会うであろうことは、実はみな過去にあった。そして過去は、日に日に豊かになる一方である。

前向きに進むのが好きな方に問いたい。たとえば昭和二十三年に完結・刊行完了した谷崎潤一郎の傑作『細雪《ささめゆき》』のような豊かで美しい文学が、これから先の日本に出るだろうか?

芦屋に住む蒔岡《まきおか》家を描いた物語は、時間的には昭和十一年に始まり、昭和十六年の日米開戦直前に到って終わっている。それと同じ時期、昭和十一年に西宮北口から大阪・船場の小学校に通い始めた私は、友達の家があったので芦屋も知っている。『細雪』は何度読んでも、故里のような懐かしさを感じる。

もう一つ、過去へ帰る者を喜ばせるのは、滅《ほろ》びの美しさである。それは西海に沈む夕陽のように我が終《つい》の栖《すみか》——西方極楽浄土の方角を教えてくれる。

二つの絶対の海景

花が咲いたよ、と言うだけでは味気ない。美しい連想を抱いてこそ、花は美しく咲く。べつに古歌でなくてもいい。たとえば『細雪』の四姉妹が着飾って花見に行った……と言えば「ああ、平安神宮の枝垂《しだ》れ桜」と、聞く者の心が動く。一種の歌枕である。花も風景も、歌枕を得てはじめて息をし、語りかける。自然と文化は、固く結ばれる。

戦争中の空襲によって阪神工業地帯は壊滅し、須磨・明石の浦には清らかな海が戻った。戦前は浜甲子園や香櫨園《こうろえん》で遊んでいた私は、須磨や東垂水で泳いだり海の彼方を眺めて夏を過ごした。

はるか淡路島の家並みが、一軒一軒はっきり見える。いうまでもなく「淡路島かよふ千鳥の鳴く声に」の島であり「一の谷の軍《いくさ》敗れ」の須磨である。後者からは「十六年はひと昔、夢であった」という熊谷の溜め息が続いて出る。また平忠度《たいらのただのり》の「花や今宵《こよい》のあるじならまし」である。「聞えしはこれか、青葉の笛」である。

左遷されて九州・小倉の第十二師団に赴く途上の森鷗外は『小倉日記』の三日目に「私《ひそか》に謂《い》ふ、師団軍医部長たるは終《つい》に舞子駅長たることの優れるに若《し》かずと」と記している。投げ槍な本心が垣間見える部分だが、須磨から塩屋、垂水、舞子、明石と続く海景は日本一だろう。トンネルまたトンネルの山陽新幹線からは、見えないところが小気味よい。

夢幻能「松風」では、月の明るい須磨の浜で二人の海人《あま》松風と村雨が、在原行平《ゆきひら》を慕う心を物語る。折から汐汲みの桶の一つ一つに揺れる月影がある。「月はひとつ影はふたつ満つ潮の夜の車に月を載せて……」。景色が景色なら文も文、世阿弥一世一代の名文である。

実は私は箱根のこちらにも一つ、絶対の海景がある場所を知っている。東海道線根府《ねぶ》川《かわ》駅とその前後である。

新幹線がまだない頃、東海道線の夜行で大阪から来ると、熱海あたりで夜が明け、根府川で広い広い相模湾が眼前はるか下に一望できる。百八十度の海。

列車は断崖を削って敷いたレールの上を走っていく。朝日に映える無限の海には、見慣れた瀬戸内にはない力がある。「これだ！」と私は納得した。

箱根路をわが越えくれば伊豆の海や
沖の小島に波のよるみゆ

青年将軍・源実朝《さねとも》は箱根権現に詣でた帰り、騎馬で山道を抜けた瞬間に、この雄大な海景を見たのであろう。征夷大将軍でなければ詠めない、大きい歌だ。

私は長らく、鷗外が舞子駅なら自分は根府川の駅長になりたいと願ってきた。ところが先日、同駅が東海道線の中で唯一、完全無人駅だと知った。関東大震災のときの山津波で、汽車は乗客やホームもろとも海へ押し流された。絶景は悲劇を抱いていたのである。

「あなたは誰？」と恋人の問う

あの長い『平家物語』のおしまいのページに「大原御幸《ごこう》」があって、後白河法皇が数人の供を連れ大原の寂光院に建礼門院徳子を訪ねるさまを物語る。壇ノ浦で死ぬところだった女院《にょいん》は、長い黒髪が仇になって源氏の兵に救われ、京へ連れ戻された。落飾して小さい庵に住み、安徳帝はじめ亡き人々の菩提を弔う日々を送っている。

遠い山に白い雲のかかる晩春の一日である。後白河は保元、平治の乱と源平の盛衰を稀代の権謀術数で切り抜け、いまは老いて枯れた。七十に近い。建礼門院は平清盛の娘だが、高倉天皇の中宮として入内《じゅだい》する前に、いったん彼の猶子《ゆうし》になった。後白河にとっては義子である。

草深い山道をたどって、法皇の輿《こし》は大原に入り、一草庵の前に着く。蔦かずら生い茂る、粗末な家。法皇は枝折戸を押して入り、案内を乞う。みすぼらしい衣をまとった尼が現われ「女院はただいま上の山へ春の草摘みに」と答える。法皇は、ふと尼を見る。「そもそも汝はいかなる者ぞ」と問う。

尼は、答えようとして言葉より先に涙が出る。さめざめと泣く。衣の袖で涙を抑え、まず藤原信西《しんぜい》の娘、母は紀伊の二位、私は阿波の内侍《ないし》でございますと名乗る。さらに言葉をついで言う。

「さしも御いとおしみ深うこそさぶらひしに、御覧《ごらん》じ忘れさせ給ふにつけても、身のおとろへぬる程も思ひしられて、いまさら詮方《せんかた》なうこそ覚えさぶらへ」

この老い衰えた尼が、昔の我が恋人だったのか。法皇も「されば汝は阿波の内侍にこそあんなれ」と言って、後の言葉が出ない。内侍は袖で顔を覆う。

昔は一つ枕に寝た相手を、誰だったか思い出せなかった。女にとっては男の何百倍も、これ以上つらいことがあるだろうか。『平家』は冒頭に祇園精舎の鐘の声も沙羅双樹の花の色も、やがては消え色褪《あ》せると言っている。男女の仲もそうだと「大原御幸」は最後に言う。

このとき建礼門院は四十そこそこである。信西は後白河の下で権勢を誇った男だった。その娘に阿波の内侍がいたという証拠はないが、いれば四十前後か。

昔の人の人生は短かった。四十にして男も女も、若い頃の面相を認めぬほどの老人になった。阿波の内侍は詮方なしと言った。なすすべなしという意である。

今はアンチエイジングといって、美容・美肌の術《すべ》によって寄る年波に抵抗する。万金を積んで若返ろうとする。

寂光院は今もある。大原御幸は能になり絵巻にもなっている。見るがいい、女院は気高く老いている。いかに秘術を尽くそうが、その日は必ず来る。昔の恋人が「あなたは誰?」と問う日が。

森鷗外の『妄想』

これを書いたとき、森鷗外は満五十に達していなかった。その年をはるかに超えた私は、この世に仕残した仕事はもはや「死ぬ」ことだけである。にもかかわらず蟷螂《とうろう》の斧を振るって眼前の〆切りを片付けるのに、あくせくしている。鷗外は突出した例外であろうが、彼を我と比べ、明治人を昭和人と比べ、後者のあまりの未熟さに呆れるばかりである。

私には、こういう文章を書く覚悟がない。ギヤをローに入れた車を操って、箱根ターンパイク級の下り坂をしずしずと降りていく根気がない。考えれば無理からぬことで、私は一度も人生の高みに到達することなく今日までの日を送ってきた。坂の上に立てなかった者が、坂を下っていく術を知るわけがない。

『妄想』を書いたときの鷗外は、すでに陸軍軍医総監になっていた。名作『百物語』

で、この世の歓楽を味わい尽くした豪商の虚無を描いた。だからこそ、このようなことが言えたのだ——と思うのは浅はかで、鷗外にはこの作の後、なお十年余の生命があった。それをただ生きただけではない。目も眩《くら》むような彼の史伝の諸篇は、みな『妄想』の後の十年間に書かれたのだった。

『妄想』という短篇の主人公には、名がない。「主人の翁」とだけ書いてある。彼は太平洋を見渡す上総《かずさ》の、砂浜に細い松がチョロチョロ生える林間に結んだ二間だけの庵に坐って、海を眺めている。朝食を済ませたばかり。六畳の居間に彼ひとりである。

若くてベルリンに留学していた時を思い出す。チフスに罹って入った病院で、ドイツ式の冷水治療法をやられて死んだ留学生の友のことを思う。

読書することによって友となったマインレンデル、ハルトマン、ショーペンハウアーらの所説や思想へと思いは移っていく。

師と仰ぐに足る人にも何人かめぐり合った。そのたび若かった頃の「主人の翁」は、帽を取った。だが脱帽して敬意を表したものの、その人に随《つ》いていくことはしなかった。翁の生涯は孤独だった。だが孤独を泣くようなことはしなかった。孤独なればこその独立があったからだ。

そして最後に、彼は死について思いをめぐらし、こう考える。眼を上げて海を見ながら思う。

「翁の過去の記憶が、稀に長い鎖のやうに、刹那の間に何十年かの跡を見渡させることがある。さう云ふ時は翁の炯々《けいけい》たる目が大きく睜《みは》られて、遠い遠い海と空とに注がれてゐる」

長い間、私は『妄想』は鷗外の随想だと思ってきた。しかし小堀桂一郎氏の解説によると、文中ところどころに虚構が仕組まれ、小説と見る方が正しいという。

だが虚構を用いなければ語れない真実もある。そういう観想もある。私はこれまで通り、鷗外が己が胸中を語った随筆として読みたい。私が銘として引用する箇所には、べつに解説の要はないだろう。長い作品ではないから、繰り返して読んで、読むたび心に滲みる。我もまた運命の素直な子でありたいと願う。

「死を恐れもせず、死にあこがれもせずに、自分は人生の下り坂を下って行く」

時の流れの中で

少年殺人犯に名誉？

我が子を失って一周忌の近付いた日、父親は初めて手記を書いて胸の内を語った。神戸・須磨区、十四歳の少年Aに殺害され、首を切り落としてナイフで傷つけ中学校の門前に捨てられた、あの淳くん（11歳）の父親のことである。

「『淳』が亡くなってからはや一年という時間が過ぎてしまいました。一九九七年五月二十四日という日を私たちは一生忘れることができないと思います」と書き出している。父親は、代理人である弁護士に勧められ、その場でペンをとって心境を綴った。

子を殺され辱《はずかし》められた親なら、誰でも同じように書くことだろう。親は何を忘れても、子の死んだ命日を一生忘れない。世間はあの異様な事件に驚き、いろいろ論じた。だが所詮は他人事《ひと》だから、やがては忘れる。同情も薄らぐ。

親にとっては、子が殺されたことで人生は終わったのだ。仮に日本があの事件から教訓を汲んで理想的な社会に一変したとしても、失った我が子は返らない。

短い手記ではあるが、父親は一つのことをハッキリ言っている。少年法の精神には賛成だが現在の少年法はおかしい、というのだ。

「少年も一つの人格を持っています。人格を持っているということは、成人と同じではないにしても、自分の行動に対して社会的に責任を持たなくてはいけないということです。（中略）成人の犯罪の場合よりは軽減されるにしても、非行の重大さに応じた罪や保護処分があって当然だと思います。非行少年を、甘やかすことと保護とは同義語ではないと思います」

淳くん殺しは、遺体損壊のしかたや新聞社に送った挑戦状など、冷酷無惨な犯行だった。明らかに子供のすることではない。Aは少年だから家庭裁判所で裁かれた。彼の弁護士が付き添っただけで、淳くんの親も検察官も立ち会えなかった。殺された側の声を締め出した裁き方だが、少年の保護・更生のため、そうせよと少年法は定めている。

審決に従って、彼は関東地方の医療少年院に送られた。そこで、いわば精神のリハビリをしている。最近、面会に行った弁護士に初めて「有難うございました」と言ったとか。喜びを抑えかねている新聞があった。

少年が人を殺したら、殺された者の完全に消滅した人権に見向きもせず、人権屋の弁護士と組んでワッとばかりに犯人の人権を守ろうとする新聞がある。私はおかしいと思う。出来て五十年近い少年法を守って、犯人の実名も書かず、顔写真も出さず、だから世間は犯人の家庭環境を詳しく知るすべがない。教訓を汲もうにも汲めない。

少年Aには、淳くんの他に彩花ちゃん（10歳）という小学女児が殺された。一年かかって「有難う」が一つ。何年経てば、社会に戻して差し支えない程度に立ち直るのか？ それとも立ち直らないまま戻すのか？ 戻せば、そのとき世間は彼の名も顔も知らない。それでいいのか？ いまの少年法は、現実の背丈に合わなくなっている。

堺市で十九歳の少年が幼稚園の園バスを待っている女児（5歳）を刺し殺し、その母親の背にナイフを突き立てた。新潮社の雑誌が犯人の実名と写真を載せたら、犯人と弁護士六十八人が名誉毀損だと新潮社を訴えた。殺人犯に名誉があるのか？ だが、そういう疑問を発する者は、いまの日本では良識なき者とされている。

（98・8）

ドナーカード

死ねば臓器を取って他の方のお役に立てて下さいと、署名したドナーカードを残して死んだ「高知県の四十四歳の女性」。そういう人の希望のままに、脳死状態での臓器提供に同意した家族。頭が下がる。いくら「外国ではやっている」とはいえ、実際に決心するとなればまた別である。誰にでもできることではない。

これまでは、死は絶対のものだった。人も我も絶対と認め、生者に対するのとは異なる敬意で死者を敬ってきた。あたかも、まだ魂があるもののように扱った。幼い子供たちが棺の傍らで騒ぐと、強く叱られた。老人は生きている者に話すように、遺体に向かって語りかけた。みんなが手を合わせて死者を拝んだ。よくは分からないが、死は荘厳なものとされてきた——遠い遠い昔から。

それが、この二月に一変した。人間の体は、いろんな「使える部分品」を組み立てた、まるでアセンブリーラインから出てくる自動車のようなものになった。死はすべての終焉ではなく、「まだ使える部分品」を急いで他の人体に取り付けねばならない、行動の号砲を鳴らすものになった。

私も生きている人間だから、これまで何度も死について考えた。読者のみなさんも同じだろう。人は死を考えることにより、はじめて生について真剣に考えることができる。

ところが今回（一九九九年）の脳死判定→臓器移植で、絶対だと思ってきたものが完全な絶対ではなくなった。生を、また死を考える原点が、突然消え失せたのである。ニュースを聞きながら、私は茫然となった。

クモ膜下出血で高知赤十字病院に運び込まれた患者が、一度ならず二度も脳死と判定され、心臓は阪大病院へ、肝臓は信州大病院へ、腎臓は仙台と長崎へ、角膜は……と全国へ散らばっていった様子は、すでに詳しく報じられた。私は人々がよほど「日本初」に興奮したのか、医者より機械を信用したのを奇異に感じた。一度平坦《へいたん》になった脳波がまた動いたという、あの一幕のことである。

私は脳下垂体腫瘍の摘出手術を受けるため、総合病院の脳神経外科に長期間入院したことがある。ある朝、病室の外の廊下が若い奥さん風の人で一杯だった。「ママさんバレーでもあるの？」と冗談で訊いたら「そうじゃないんですよ」と看護婦が教えてくれた。

近所の団地の若い母親がクモ膜下出血で緊急入院し、あの人々は輸血用の血を提供しに来た同じ団地のお友達だという。まだ幼い子が二人、元気に廊下で遊んでいるのが哀れだった。患者は助からなかった。

クモ膜下出血は、猛烈な頭痛と嘔吐を伴って突然起こる。全快する人もいるが、家族は動転する。今度のドナーも、高校生をかしらに四人の子がいた。そういう家へ取材に行った記者には、人間の心があるんだろうか？

取材競争は「脳波の復活」があったので、いっそう過熱した。だが私のよく知る脳外科医は「脳波なんてアテにならんよ」と言う。本当に正確なデータを得たければ、まず脳波計のテストから始めなければならず、それには時間がかかる。測定中に誰かがうっかり電源コードを踏めば（患者は死んでいるのに）ピクンと脳波が出ることもあるそうだ。

人間は過《あやま》ちをおかすから最後はコンピュータという機械が判断する——というのは欧州製の旅客機の思想である。おかげで名古屋空港で墜落した。アメリカの旅客機は、コンピュータは過つものだから最後は人間が判断する——という思想に基づいて設計されている。今度は脳波が出たからといって、家族の承認を取り直すという、むごいことを二度した。そんな必要があったのだろうか。

昔は、人の生死の判定に脳波など調べなかった。いろんな徴候を総合して「御臨終です」と言った。経験ある医者なら、患者が生きているか死んでいるか、まだ希望があるかどうか、機械に頼らなくても分かるのである。

高知のドナーの死は、少なくとも四人の命を助けた。移植を受けた四人は、ドナーがいなければ、せいぜいあと一年か二年の寿命だろう。受けたからといって健康な者と同じほど長生きするか否かは不明だが、それを言い出せば人はみな最後は必ず死ぬのである。

外国では毎年千例もの脳死者からの移植手術をやっている。日本にも、すでに大勢の移植手術の経験十分な医師がいる。われわれは単に部分品の寄せ集めなのだと、いまこそ日本人は割り切るべきである。だが、なかなか割り切れないのが人情である。

（99・5）

世界人口予測の難産

今年の秋――予測では十月十二日に、世界の総人口は六十億人になる。むろん地球上に人類が出現してから初めてのことだ。私は小学生のとき、先生に「世界には二十億の人間がいます」と教わった記憶があるから、あの大戦争があったのに、私の生涯のうちに人間の数は三倍に増えた。

国連の集計によると、五十億人から六十億人になるのに十二年かかったという。これから七十億になるまでには、十三年か十四年と、この方は少し大まかである。人口の予測は非常に複雑なものだからだ。

乳幼児死亡率、平均寿命、エイズなど病気の死亡率、医学の進歩、さては戦争から穀物の価格まで、いろんなデータが人口には絡んでくる。国によって統計の信頼度も異なる。しかし六十億人目の赤ちゃんは男の子で、第三世界に生まれる可能性が高いことは、かなりの確率で断言できる。

というのは、世界平均で、女児百人に対し男児は百五人の割合で生まれるからだ。また現在、世界で最も人口が増えつつあるのは日本を除くアジアとアフリカ、中南米などの第三世界である。

多く生まれるから、世界全体では総人口の五〇・四%が男である。ところが先進国では、この比率は逆転し、人口の五一・六%が女だという。若い女の子が大勢いるわけではない。お婆さんがなかなか死なない（というと語弊があるが）のだ。とかく女性は長持ちする。

女性一人当たりの出産数は、世界的に減る傾向にある。いま二・九人。日本はこれをはるかに下回り、二〇八〇年には日本の人口は現在の半分になるらしい。

子づくり産業のメーカーでない男には、陣痛の苦しさは分からない。先日、私の教え子が難産のすえ男児を産んだ。「鼻の穴からスイカを出せと言われても、あんなに痛くないと思うよ」と言っていた。切って出してくれと一時は絶叫したが、頑張って自然分娩した。「赤ん坊は元気か」と訊くと「それが可愛いのよ」と答えた。

（99・8）

死へのコンパニオン

もはや生き続ける望みを失った、いわゆるターミナル（終末期）の患者を、楽に死なせてやる。医師が安楽死させるのを許す国は、いまや珍しくない。だがスイスは、医師でない市民ボランティアにそれを許可している世界唯一の国である。

EXIT《エキジット》（出口）という名の団体の代表を、ジュネーブでインタビューした記事を外国の新聞で見た。エルケ・ベズナーという、木に囲まれた小綺麗な自宅を背景に立つ五十三歳。目鼻立ちの整った、明るい感じの主婦である。彼女が主宰するEXITは、人生に病苦しか残っていない人々を助けて死なせる。つまり人生の出口を与える。

すでに百二十人以上を、死の世界へ送り出した。他に何百人かの需《もと》めに応じ「死ぬためのマニュアル」を送った。同様の活動をする団体は他にもあるが、みな表立っては宣伝せず、静かに重病人を「助けて」いる。自殺機械を作って名を売ったアメリカの医師ケボーキアンとは大違いだ。

スイスでも「利己的な理由により自殺を助ける」行為は自殺幇助《ほうじょ》罪になるが、それ以外なら構わない。「死にたい。助けてくれ」と言ってきた人の、すでにターミナルであることを確認すると、医者が処方した致死量の睡眠剤を与えて死なせてあげる。

ただし、薬は必ず患者に手渡す。口に入れたり注射したりは絶対しない。あくまでも病人自身の意志によって死なせる。法律の許す範囲内のことしかしない。

「死にたいんですか？　ハイどうぞ」と、簡単に送り出すのではない。ＥＸＩＴのボランティアは、まず「死へのコンパニオン」になってあげる。ベズナーさんによると、いろんな告白を相槌を打ちながら聞き、多種多様な秘密の聞き役になる。「死へのコンパニオン」は、どこまでも気長で穏やかである。

しかし、全く問題がないわけではない。去年、慢性鬱病で自殺を望む女性（30歳）を、両親とも相談のうえ自殺させてあげようとしたら、警察が介入した。ＥＸＩＴの手から女性を精神病院に移し、六週間の集中治療のすえ彼女は全快した。いまでは「あのとき死なくてよかった」と言ったという。

また、肺ガンの末期という老人（男性）を助けて自殺させたら、後で気管支炎だったらしいと分かり、問題になった。

安楽死、尊厳死――いろんな名目で人工的に命を縮める行為は、世界各地で是認されつつある。急速に迫るシルバー時代。日本でも、中年以上のほぼ全員が「死ぬときはあっさり死にたい」と言う。全国のポックリ寺が繁昌している。

命は神様にもらったもので、自ら死を招くのはよくない。だが看病に疲れた家族が苦しみ抜いた果てに病人を殺した話は、毎日のように新聞に出る。夫や妻や我が子に絞殺される人の気持ちを思うと悲惨だ。スイスの例が正解とは言いきれない。しかし、人がなかなか死ななくなった時代に、一つの現実的な解決策を提供しているのは事実だろう。

（99・12）

マリア・カラスの一生

二十世紀の世界最大の歌姫は誰か？　おいそれとは答えられない質問である。誰といっても古典からポピュラーまで、オペラ、ジャズ、タンゴ、シャンソン、演歌、いろんな歌がある。

だが世紀の変わり目に生きるわれらの世代が、過ぎし百年を通観して「最も偉大だった一人」と認められるのは、マリア・カラスではないだろうか。彼女の声は、二十世紀が持った最も美しいものの一つだった。その姿も生涯美しかった。

カラスは一九七七年九月十六日、まだ五十三歳の若さでパリのアパルトマンに死んだ。多くの日本人は、彼女の生の歌声を聞いたことがない。私の記憶では来日はただ一度、マリア・カラス・コンクールの審査員として来ただけである。入賞者と並んで立ち、彼女は少し恥ずかしそうに歌い方を指導した。

一九五四（昭和二十九）年は、カラスのいわゆる「驚異の年」だった。まるまる太った体から速射砲のように声を発射していた彼女は、一年間の猛烈ダイエットで体重を半分くらいに減らし、見違えるほど美しくなったが、声の艶は失われた。

ギリシャに生まれた彼女は、オペラの国イタリアに移り、スカラ座（ミラノ）の花と咲いた。多くの崇拝者の中からジョバンニ・メネギーニを択《えら》んで結婚した。

ところが船舶王ソクラテス・オナシスが、略奪同然の強引さで彼女を奪った。世界一のプリマドンナを射落《いお》としてみせるぞという、世界一の億万長者の野望と見栄だろう。やがてオナシスはジャクリーン・ケネディを手に入れ、カラスを捨てた。えげつないことだった。

アパルトマンに残ったカラスの遺品は、当時まだ生きていた彼女の母親と最初の夫メネギーニが分けた。法的には、カラスは死ぬまでメネギーニの妻だったからである。

それからアテネはじめ世界各地に、カラス記念館を建てようという話が出ては消えた。資金不足で、どれも実現しなかった。その間にも、カラスゆかりの遺品は四散していった。そして大歌手《ダイヴァ》の死から二十余年、競売業者が約四百点の遺品を集めてモナコ、東京、ニューヨークを巡回展示し、今年末にパリで競売にかけることになった。遺品が散り散りになるのは仕方ない。カラスを愛した人々の手に分けて保存されれば、それでいいではないか、という結論に達したのだ。

十八世紀イタリアの画家が描いた「聖家族像」がある。楽屋のカラスを写した写真には、よく背景に出ている絵だ。彼女はひそかに、平和で穏やかな家庭生活に憧れていたのかもしれない。美しすぎる声を持ったのが、彼女の不幸だった。

日本の文学に通じるドナルド・キーン氏は、またオペラを愛する人である。『ついさきの歌声は』（中央公論社）という著書もある。ニューヨークのメトロポリタン歌劇場で、しばしば絶頂期のマリア・カラスを聴いている。あるとき私はそのキーン氏に問うた。

「カラスが世紀の声で歌っていた時代、ニューヨークの客の反応はどうでしたか」

キーン氏は即座に答えた。

「昔はよかったと言う人は、一人もいませんでしたね」

なるほど、そういう声と演技だったのか。私は、日本の舞台のことを考えた。どこへ行っても通はうるさいものである。だが通を黙らせることができたのは、私の知るかぎり先代勘三郎と初代水谷八重子ではないか——。口うるさい年寄りも、文句を付けなかった。私も心を奪われて見た。これこそ古今最高の芝居だと思い、昔のことなど考えたことなかった。

話はマリア・カラスの遺品オークションに戻る。

パーティ用のドレス、靴、帽子、ストッキング、ブラジャー、黒いガードル等々、ときどきマリリン・モンローのドレスや下着が売りに出るのを思い出す。

リストを見て、私はチンチラのコートに目を留めた。「蝶々夫人」の作者プッチーニの孫娘からの贈り物だという。チンチラを敢《あえ》て裏地に使い、表はエメラルドグリーンの絹だという。ひょっとしてタイ製の光るシルクか？　だが何という心にくいデザインだろう。

プッチーニの「トスカ」には「歌に生き恋に生き」という、ソプラノの美しいアリアがある。カラスの一生が、まさにそうだった。


（00・10）

歌舞伎町哀話

夜の遅い私は、午前三時のNHKラジオのニュースが「新宿で火事があり、怪我人《けが》が出ている模様です」と言うのを聞いて寝た。夜が明けると、それは男女合わせて四十四人が狭いビルの中で死ぬ惨事になっていた。

届いた夕刊を見ると、ビル四階の「飲食店」で男十八人、女十人が死んだと書いてある。午前一時に、そんなに大勢の男女が飲食する店って何だろう？　そのうちに死者の姓名年齢が出始めた。女性は十九歳から二十六歳。死ぬなど考えたこともない年頃の子ばかりである。まもなくキャバクラだと出た。その種の店に私は馴染みがない。

週刊誌が出て、やっと判った。女の子はセーラー服やワイシャツに超ミニで全員ルーズソックス。照明を落とし強烈な音楽がガンガン鳴る店内で、客の膝に抱っこされるのだという。客は女体のあちこちを好きなだけ触る。売春一歩手前の無残な商売である。

そういう店へ、刺激を求めて通う男が結構いる。彼らも若い。男も女も、全員が一酸化炭素ガスを吸って死んだ。

女の子の中に一組の姉妹がいた。警察機動隊の武道場が遺体安置所になり、対面に行った肉親の話では、誰がしたのか死化粧がしてあったが、歯と鼻の周りが煤《すす》で真っ黒だったという。

意識を失って死ぬまで何分あったのだろう。薄れゆく空気の中で必死に息をし、まもなく鼻だけでは足りなくなり、大きく口を開けて息を吸い込んだのだろう。だがそれは人の命をつなぐ正常な空気ではなく、肺に入って人を急性死させる一酸化炭素と煤だった。

週刊誌に出た女の子たちの手取り収入。貰うおカネの額に比べ、休めば診断書を持っていってもゴッソリ差し引かれるという厳しさ。だが田舎から出てきて手に職のない娘たちは、客の膝の上で体を触らせる以外に食う道を知らない。どこも書いていないが、幼い子を持つ母親が死者の中にいるはずだ。

三人か四人で行き全員が死んだ証券会社の社員がいる。客は、過ぎればバカバカしい刹那《せつな》の歓楽を求めて行く。三階のマージャンゲーム店は、明らかに賭博である。たとえ儲けても、アブク銭は身につかない。では、なぜ行くのか？　刺激がほしいから。

なぜ、もっと安全なオフィスで、地道に働かなかったのかと人は問うだろう。しかし実は、七十年生きても十九で死んでも、人の一生は振り返れば等しく短いのである。転《てん》瞬《しゅん》の間という。瞬きする間に人の一生は終わる。その短い間を、人はジタバタして生きる。生きているからには欲望がある。新宿の粗末なビルで死んだ女よあわれ。男よあわれ。

（01・11）

幼き者に「死」を教える

日本女子大のN教授は「死を通して生を考える教育研究会」というのを主宰している。東京都内の小学校二校で高学年の子に「人が死んだらどうなると思うか」と尋ね、三百七十二人から回答を得た。

結果は「また生き返る」と「もう生き返らない」と「分からない」がほぼ三分の一ずつだった（「産経」6月24日）。

新聞記事は、テレビゲームの影響だと説明している。テレビゲームでは主人公が死んでも、リセット・ボタンを押せば生き返って、ゲームを一から再開できるようになっている。そういう「死」と現実の人間の死が、ごっちゃになっているのだ。もっと死について正しく教えなければ……という結論になっていた。

本当にそれほど無知なのか、いまの子供が？　たとえば小学校高学年の児童の祖父が死ぬとする。「おじいちゃん、死んだ後どうなるの？」と聞く。親が「高いお空にある天国に行き、あなたのことをずっと見ているのよ」と教える。そう聞いた子は「生き返る」にマル印を付けるのではないか？

また自分の少年期を振り返って、小学校高学年ではもう輪廻《りんね》転生説の初歩を知っていたと思う。人は死んでも、牛や馬に生まれ変わる。だから牛馬をむやみに鞭打ってはいけないという「お話」。

死んだ人は生き返ると答えた子がすべてゲームのリセットを連想したとは断定できない。しかし、いずれにせよ今日の小学校で、なぜか避けて通っている大切なテーマが、三つあると私は思う。それは死と神と金《かね》である。どれもみな大問題なのに、教科書がない。教師も、宗教教育にならないかと恐れて、教えない。

我が家の近くに住む私の孫娘二人は、死者が生き返らないことを知っているはずだ、と私は信じる。そう信じる理由がある。

彼女らを可愛がった私の妻（彼らのお祖母ちゃん）が死んだ。臨終は夜だったから、小二と幼稚園の孫は知らないが、翌朝には祖母が物言わぬ人になったのを見た。箱に入って教会へ行き、聖歌隊が歌い神父が説教し、やがて斎場で焼かれ灰になって壺に入ったのを見た。

よもや祖母が生き返るとは思うまい。その後、二匹のハムスターが前後して死んだ。彼女らはそれを抱いて来て我が家の庭に埋め、誰が教えたわけでもないのに木の枝で十字架を作って立てた。私はペットの存在理由の一つは、幼い者に「死」を教えることだと感じた。

だが核家族で祖父母と遠く離れて住み、ペットも飼わず、学校では唯物主義教育を受け、楽しみはテレビゲームだけの子はどうだろう。「人が死ねばどうなるか見たかった」から主婦を刺殺した少年（愛知県豊岡市）などは、現代日本という異常な社会に生まれたバケモノか。

（02・9）

神奈川心中の顚末

新聞によると神奈川県警の捜査員は、いきなりマンション二階のドアを叩き「警察だ。開けろ」と言ったという。中にいた暴力団員（41歳）は拳銃をぶっ放し、警官も応戦、男は一緒にいた女性（22歳）と共に、カギをかけて立てこもった。

マシンガン（機関銃）のような物を持っていると情報があったので、うかつに踏み込めない。男は十三年前にも同様に立てこもって警察に抵抗した、したたか者である。地元の栃木県警も出て、マンションを包囲した。それから四十四時間の持久戦。

マンションに住む二十九世帯は避難した。半径百メートル以内の商店は閉店した。中学校は臨時休校した。男は、ときどき電話に出るが、言うことが信用できない。「あきらめて出てこい」と何度説得しても応じない。

三日目の早朝、警官隊はドアを壊し閃光弾《せんこう》を投げ込んだ。強烈な光を発し、一瞬何も見えなくなる。同時に、なだれ込んだ。男は撃ってきた。当たらなかったが、最後に二発銃声がして静かになった。部屋の戸を引くと、男と女が並んで死んでいた。二人とも頭を撃っている。女を殺しておいてからの自殺。

宇都宮のこの事件は、首都圏では大々的に報じられた。男が前に同じように立てこもったのを、栃木県警は知っている。神奈川県警は家宅捜索の前に、なぜ栃木県警に連絡しなかったのか？　連絡したのがドアを叩く三十分前とは、あまりの縄張り根性ではないか。

神奈川県警は釈明した。直前まで連絡しないのは毎度のことで、秘密保持の面からも当然である。容疑者の前科・前歴はデータベースにあるが、前回逮捕時の状況までは記録していない。情報収集に不足があったことは認める云々。

私は暴力団員の道連れになって死んだ女性のことを考える。親しい男と二人で警官隊の包囲網の中に三日間、深い孤立感の中で彼女は刻一刻と自暴自棄になっていったのだろう。敢えて言えば、彼女の男への「愛」は、混じり気のない純粋な愛に昇華していったのだろう。とうとう「死ぬんなら、私を先に殺して」と言ってしまった――のではないか。まるで近松の心中物のような恋である。

もし神奈川県警が栃木県警とよく連絡し、戸外で男を捕えていたら……二十二の女は死なずに済んだであろう。

警察も一種の役所であり、役人は部や課が違うと言葉が通じない。世間はそれを縄張り意識と呼ぶ。江角マキコをＣＭに起用したのは、社会保険庁の一つの課であり、年金未納者を捜すのは同じ社会保険庁の別の課の仕事だった。同じ庁内でも課が違えば異星人。彼らは互いに言葉が通じない。

（04・8）

踏切りでの死と生

東武伊勢崎線の竹ノ塚駅に近い踏切りで、遮断機が上がったので渡った女性二人（38歳、75歳）が、準急にはねられて死んだ。他に重傷一人、軽傷一人。

むろん遮断機を上げたのが悪い。警察は踏切り保安係（52歳）を逮捕し、東武本社を捜索した。東武は平謝りに謝った。だが私は「踏切り番が悪かった」だけでは済まないものを感じた。

新聞を見ると、そこには五本の線路が走っている。事故は午後四時五十分。遮断機は九分三十秒間も下りたまま、十本の電車が通過した。夕方のラッシュになれば本数はもっと増える。いわゆる「開かずの踏切り」の一つである。約二百二十五メートル先に歩道橋がある。

電車が近づくと、詰所内のランプが灯《つ》き、ブザーが鳴る。保安係が丸いハンドルを回して遮断機を下ろすとロックがかかり、ランプが消えるまでロックは解けない。ただし保安係がボタンを押すとロックは解除され、遮断機を上げて人を通すことができる。

踏切りをよく利用する者の中に、取材に答え「なかなか開けてくれない人もいる」と不平を漏らした人がいた。事故を起こした保安係は、いわゆる「融通をきかせた」のであり、この人数なら次の電車が来る前に渡れると見てロックを解き、遮断機を上げたのではないか。

四人死傷は重大事故で、許されるべきではないが、私は踏切り番に同情する。なぜなら私自身に救われた体験があるからだ。

小学一年か二年だった。母から貰ったおカネを握って、お遣いに行った。帰途に踏切りがある。手前の線路を阪急電車が通過した。私は背を丸めて飛び出した。子供の目線で見ると、遮断機の下に広い空間がある。その瞬間、踏切り番が大声で「コラッ」と怒鳴り、私は立ち竦んだ。目と鼻の先を、反対方向の電車が轟々と通った。

両足がブルブル震えた。一目散に来た道を駆け戻り、遠回りして別の踏切りから家に戻った。母には言わなかった。一刻も早く帰って誉められようと思ったのだろう。踏切り番がヨソ見していたら、私の人生はあそこで終わっていた。

（05・6）

ヨハネ・パウロ二世の思い出

急死した前ローマ教皇を継いでヨハネ・パウロ二世が就位したのは一九七八年のことである。彼はまだ五十代だった。当時は共産主義（唯物論）の圏内にあったポーランドから出た、史上初のローマ教皇であった。

いまから二十四年前の一九八一年一月、私は日本カトリック・ジャーナリストクラブの同僚と共に、バチカンまで彼をインタビューしに行った。当時の私はクラブの会長で、短い時間に素早くたくさん質問できるよう、事前の打ち合わせに従い、質問はすべて私が英語でした。

われわれは七人か八人で教皇を取り巻き、間近に迫った彼の初訪日について、いろいろ聞いた。その会話の終わりがたである。教皇は「いま日本人の神父について、日本語を勉強しているところだ」と言った。

私は「そのうちの一つか二つを、いまここで言ってみて下さい」と迫った。

言おうとしたが、教皇はニヤリと笑って「きみたち新聞記者は、何でも先へ先へ知ろうとする。悪い癖だ」と、笑って逃げようとした。

私は引き下がらなかった。「まあ、いいじゃないですか。簡単なのを言ってみて下さい」と押した。秘書（神父）が次の面会者が待っていると合図している。私は教皇が逃げられないよう、彼の右肘《ひじ》をつかんで「一つか二つ」と繰り返した。

教皇は口をモゴモゴさせたが、やはり言わず、私を見て「ユー・アー・ア・テリブル・マン（きみは恐ろしいヤツだ）」と言い、インタビューは笑いのうちに終わった。

教皇は共産主義体制下の人権抑圧を、遠慮会釈なく批判した。私が会った翌日、ポーランドから労働組合「連帯」のワレサ委員長がバチカンに来て特別謁見し、教皇に励まされた。

信仰とか人の心というのは、凄いものである。私たちが会った頃には永遠に続くものと見えた共産主義体制は、一九八九年から九一年にかけバタバタと倒れ、人々は誰にも罰せられずに神を語り、おがむことができるようになった。地に平和が来た。

しかし「これが宗教改革の時代なら、ローマ教皇にテリブル・マンと烙印《らくいん》を押されたお前は、いまごろ火あぶりの刑だぞ」と、私は仲間から冷かされた。

（05・6）

ジャンボ機事故から二十年

人それぞれに先祖を拝み、戦火のうちに失われた三百万の霊前に額《ぬか》ずくのが八月という月。今年は昭和六十（一九八五）年八月十二日、日航ジャンボ機が御巣鷹《おすたか》の尾根に落ち、五百二十の命が奪われてからちょうど二十年に当たるので、改めて惨事が語られた。故人を思い、遠ざかる歳月の足取りの速さに、溜め息が出た。

羽田発大阪行きの日航123便は、伊豆半島の南東上空でボーンと爆発に似た音がし、後部圧力隔壁が破損した。機内の気圧は下がり、機長は手を尽くしたが操縦は不可能。機首は8の字を描くダッチロールを始めた。三十一分五十秒の迷走のすえ群馬県の御巣鷹の尾根に激突。女性ばかり四人が助かったが、残り全員が死んだ。

二十年の時を隔てて、高浜雅巳機長（49歳）の夫人（いま61歳）が因縁《いんねん》話をしている（「産経」8月1日）。

何が知らせたのか高浜機長は、運命のフライトの少し前に、赤ん坊のときに死んだ長男の墓参りに行った。折からの雨の中で、ていねいに墓石を拭いたという。

事故の日、家を出ていく父を、小学生だった次女（いま32歳）は、なぜか父を乗せた車が見えなくなるまで、門口に立って見送った。

長女（いま37歳）は日航に入って、憧れの客室乗務員になった。父の死出の旅を見送った次女も日航の地上職員になり、今年パイロットと結婚して退社した。父は、長男と同じ墓に眠っている。

機長は日頃から家族に「何かあっても決してうろたえないように」と言い聞かせていた。公表されたボイスレコーダーの録音は、彼が絶望的な状況の中で最後の一瞬までプロらしく全力を尽くしていたのを証明した。事故は、操縦ミスではなかった。

事故直後は「人殺し」「死ね」などという電話が殺到したが、いまでは疑いが晴れた。妻は「子供たちはつらい現実を乗り越えて、他人の痛みや苦しみを理解できる人間に成長してくれました」と語っている。

地獄絵の上に「時の癒し」が降り積もり、親が死んでも残った子らは生の営みを続けている。二十年、「人の川」は一刻の休みもなく「時」の谷を流れたと感じる。（05・10）

久世光彦さんの訃報

死ぬ前の日も、普段と同じように仕事をしていたと、訃報の中に記してある。久世光彦《くぜてるひこ》さんは人生の最後の日まで書斎で原稿用紙に向かい、ふと時計を見てペンを措《お》き、床に入ったのだろう。そのまま二度と起きなかった。七十歳だった。淡い付き合いのあった人である。

いま私の机の上に、三冊の雑誌がある。一つは『週刊新潮』三月九日号。久世さんはそれに「森繁久彌の大遺言書」を書いている。二は『諸君！』四月号で、彼の「マイ・ラスト・ソング」がある。三は『清流』四月号で、彼の「庭の籐椅子」がある。一の末尾には「つづく」、二には「この項おわり」とある。来月号に次の項を書く予告である。

大正末から昭和初期の上流家庭の子供は、男も女も襟と袖に白いレースの縁取りある紺無地のワンピースをヨソユキに着た。久世さんは三にそのことを書いている。セドリックと呼ばれた服で、もちろんバーネット夫人『小公子』の主人公である少年セドリックが着ていた服である。

二には吉田拓郎作詞作曲・かまやつひろし歌「我が良き友よ」のことである。弊衣破帽《へいいはぼう》。破れた帽子に朴歯《ほおば》の下駄、腰に手拭いをぶら下げて町を闊歩《かっぽ》した旧制高校生の風俗である。

学制改革に伴う新制の東大を出た久世さんは、彼より三年前に旧制三高から旧制の京大を出た私に羨望を感じていた。京都で過ごした六年間の青春。東大出には、ときどき京大にコンプレックスを抱く人がいる。彼もその一人だった。私を無礼にも「徳岡老」と書いたが、むろん親しみをこめて呼んだのである。私との交遊を温かく書いてくれた。

一は森繁翁（私の旧制中学の先輩）の昔話に事寄せて、内田百閒の暗い不安を湛える短篇についての話である。身はこの世にありながら、久世さんの思いは十萬億土、死後の世界へさ迷い込んでいく。その原稿を載せた『週刊新潮』が届く頃、彼はどうしたことか已も三途の川を渡って、向こう岸へ行ってしまった。

何の偶然か、私は一・二・三のすべてに寄稿していた。三冊の雑誌はほとんど同日にそれぞれ編集部から送られてきて、いまこうして私の机上にある。久世氏に初めて会ったのは銀座の中華料理屋で、私は山本夏彦さん（四年前に没）と昔の本の話をしていた。

遅れて店に入ってきた久世氏はその本を読んだことがなく、大いに技癢《ぎよう》を感じたらしい。彼は本を捜して読み、それが『蕭々館日録』の土台になった。

後悔は、私が彼をテレビドラマの作家・演出家と知らなかったことである。大河ドラマは「花の生涯」以後を見たことなく、連ドラは「おしん」すら見ず、ましてニュースショーは久米宏の顔も知らない浮世離れした私だから、久世さんと対座しても「時間ですよ」や、「寺内貫太郎一家」を話題にできなかった。終戦記念日にドラマをやるから見てくれと葉書が来たが、見る習慣がないからつい見損じた。失礼で気の毒なことをした。

（06・5）

男たるものの心得

二年前の五月に上海の総領事館内で、同領事館に勤務する外務省の電信官（46歳）が首を吊って死んだ。本人と遺族の名誉とプライバシーを守るため、外務省は自殺の事実を隠し、小泉首相にも報告しなかった。内々に済ませることによって、外務省は誰を最も守ったか？　実は中国を守った。

一九六一年に採択された「外交関係に関するウィーン条約」によって、世界の国々は外交の基本的ルールを決めた。外交官は外交特権を持ち、公館（大使館・領事館など）は不可侵であり、外交官は任地国の税金を免除され、行動・通信その他の自由を保証される。

上海の事件は、中国情報機関がこのウィーンの取り決めを破って日本の電信官を脅迫し、電信官を追い詰めて自殺させた。日本政府はすべてを明らかにし、中国政府に対し厳重抗議すべきだった。なのに沈黙して中国を助けた。

「読売」(3月31日)が、電信官の遺書ほぼ全文をスクープした。中国の違反行為の詳細、世の男たる者が心得なければならない人生の基本則を教える、悲しくも厳しい遺書である。私は週刊誌・女性誌が一斉に書くと思って待ったが、誰も書かない。どこまで中国に遠慮すれば気が済むのか。

ただし日本側にも弱みはある。電信官は上海のカラオケバーで中国の売春婦と知り合い、継続的な関係を持った。中国の警察は、そこを狙った。女を逮捕し、すぐ釈放し、つまり締めたり緩めたりしながら徐々に電信官との接触を深めていかせた。

相手が友好的なので安心していると、いつの間にか情報機関の男が出てきた。その間、女と電信官は何度も「絶対に他言しない」のを条件に情報を遺り取りした。そんな約束、反故《ほご》と同じ。ヤクザにかかればシロウトは幼児も同然である。

最後に相手は全領事館員の名簿を見せ、一人一人の出身省庁を教えろと迫った。切羽詰まった電信官は上司にサハリンへの転勤を申し出、地獄から抜けようとした。だが時すでに遅し。彼らは手に入れたタマを簡単には手放さない。要求はますます急を告げる。電信官はとうとう遺書にすべてを告白して自殺した。

珍しいことではない。近松がすでに書いている。忠兵衛は遊女・梅川に惚れてしまい、悪い友達にミエを張っているうちに、にっちもさっちも行かなくなる。ついに公金三百両の封を切って叩きつけ、梅川と共に心中という破滅を選ぶ（「冥途の飛脚」）。
そんな昔の話でなくても、夜ごと都会の裏通りの暴力バーで、女とヤクザが組んで助平な男を強請《ゆす》り、破滅に追い込んでいる。上海では、そういう恐喝行為に国家の安全が巻き込まれた。男は、よく気をつけて行動したほうがいい。

（06・7）

被害者の母を刺した言葉

いくら悔んでも悔みきれないことがある。また世の中には、殴る蹴る以上に鋭く人を傷つける言葉がある。横浜であった一中年女性の自殺は、六年間続いた悲しい物語の結末だった。

八月一日午後、横浜市瀬谷区の相鉄線踏切で、同区・渡辺啓子さん（53歳）が、走ってくる電車に身を投げて死んだ。線路脇に脱いだ靴がそろえてあった。

一カ月近く経って、自殺した啓子さんは、六年前に中学時代の同級生の男に殺された、当時二十二歳の美保さんの母だと新聞に出た。

美保さんは二〇〇〇年十月十六日の夜、相鉄線三ツ境駅から帰宅途中を男に襲われた。男は車で彼女をはねたうえ、近くの建物に連れ込んで刺殺した。犯人は、なかなか捕まらなかった。

三年後に犯人・穂積一（28歳）が自首し、事件は解決した。美保さんに中学時代から一方的に好意を寄せていた男だった。横浜地裁は無期懲役を言い渡し、二審もそれを支持した。

横浜地裁の判決の日だった。被告穂積は、傍聴席の啓子さんら両親に向かって暴言を吐いた。

「お前らが駅に（迎えに）行かなかったから、娘は死んだんだ」

自分が殺しておいて、何というセリフだろう。だが、言われるまでもなく、親は何度も何度も同じことを考えて悔んだに違いない。夜だった。育てて二十二にまでした娘を、三ツ境の駅まで迎えに行ってやればよかった。死なずに済んだのに……。誰も助けてくれない、誰に助けを求めることもできない、それは繰り言だった。

すでに十分悔んでいた。だが法廷という公開の場で、他人にそれを言われるのはまた別物だろう。言葉は啓子さんの胸を刺し貫いたものと思われる。

判決の日が昨年三月。以後の一年半、啓子さんは人生最後の苦しみを苦しみ尽くしたのではないか。言われる通りだ、駅まで迎えに行っていれば……。いくら悔んでも、殺された娘は戻らない。それなら私があの世へ会いに行こう。

高校生がカネで人を雇って加勢させ、自分を産んでくれた母親を殺す世の中である。

娘さんを殺しておいて、法廷で娘の母親を（言葉によって）刺す男がいる、ということなのだろうか。

（06・11）

墓参と風俗

秋のお彼岸。私は鎌倉駅の改札口で亡き友の奥さんと落ち合い、まず鎌倉市内のカトリック墓苑にある亡妻の墓を掃いた。それからタクシーで、ほど近い横浜南郊の亡友の墓（こちらは無宗教）にお参りした。天気はよかったのに、カトリックの方は彼岸と無縁だとしても、横浜の方に墓参の人が意外に少なかった。昔の彼岸の墓地には、むせ返るほどの線香の煙があった。

若者（男も女も）は、ジーンズにTシャツというラフなスタイルで、親について来ていた。久しぶりにお祖父ちゃん・お祖母ちゃんに会うのだから少し改まった服装で、という気持ちは全くないらしい。

駐車場に車が並んでいるのから見ると、車で来たのであろう。準備ができたところで親が「おーい、出かけるよー」と二階に声をかけ、「おー」と答えて降りてきて、一家が一台の車に乗り込んだのだろう。電車など乗らないから、階下のダイニングキッチンの食卓へ、食事に行くのと同じ神経で墓参に来ている。

先祖の墓の前にしゃがむから、それがみな「腰パン」になっている。ジーンズの後ろがずり下がり、パンツが見えているのだ。アメリカでは南部を中心に「腰パン」を公然わいせつ罪で規制しようという動きがあると出ていた（「産経」9月21日）。

三十数年前だが、神戸女学院で教えているアメリカ人教授が、「ジーンズで来た学生は教室に入れない」と宣言し、話題になったことがある。あれはゴールドラッシュ時代に労働者が着た服であり、学問する服ではない、というのだった。当時でも、少しヘンクツな先生だなとの印象があった。

最近の若者は、所構わずTシャツとジーンズで行く。しめやかな式場にジーンズで当然のように入ってきて、床にあちこちテレビ撮影用のケーブルをガムテープで貼り付ける。尻の線が丸見えでナマナマしい。あれでカッコいいと思ってるのか？

以前のジーンズは、ウエストで穿《は》いていた。いつの間にか、腰で穿くのが普通になった。今の「腰パン」は、お尻で穿く。だから普通に歩いていても、パンツが見える。主に黒人がやっているというが、刑務所で囚人にそういう服装をさせたのが発端だとの説もある。

規制するといっても、誰がどう取り締まるかが難しい。日本の若者は一足早く、「腰パン」で墓参りに来ている。流行はどこで始まるか予測できない。

やはり彼岸に、「死んでからの値段」が、四年前の日本消費者協会調べで出ていた（やはり「産経」9月21日）。

・葬儀一式費用　百五十万四千円。葬儀社に支払う額の全国平均だが、会葬者の数によって大差がある。

・通夜からの飲食接待費　三十八万六千円。

・寺院への費用　四十八万六千円。これは料金ではなく「志」である。戒名は三十万程度から。

あくまでも目安だが、総計で約二百四十万円が要る。タダでは旅立てない。

最近は死んだことを誰にも知らせず、直接の身内だけ・家族だけで送る「家族葬」というのもある。私はつい先日、道で会った御近所の奥さんに旦那さん（八十代）はお変わりないですかと訊き「八月に死にました」との返事を貰って仰天したことがある。長寿社会では、送られる者も送る者も老人である。縁あった人をみな招いて泣き喚く必要もないだろう。

お墓を省略し、海に散骨という葬り方もある。船や軽飛行機から撒く。二十万〜五十万円かかる。行かずに代行してもらった場合は十万円くらい。

私は友人を散骨した経験がある。ニューヨークで亡くなり火葬されたアメリカ人で、「横浜・山手の生家が見える海に撒いてくれ」と遺言があったという。依頼を受けた私は「遺骨は麻薬に似ている。税関に怪しまれないよう、火葬証明書を付けて送ってくれ」と、返事を出した。まもなく故人の姪から、大きい缶に入った遺灰が送られてきた。船を出して、横浜港内の注文の位置で缶を開けた。その瞬間、突風が吹いて灰が舞い戻り、私は頭からアメリカ人の遺灰をかぶった。

（07・12）

妻の「蓄財」

夫の収入は夫婦のもの・私の収入は私のものという、少し厚かましい話題である。心静かにお聞き下さい。

専業主婦にもイザというときがある。山内一豊の妻は、夫が馬を買うカネをへそくっていたから美談になったが、現代には離婚という予期せぬことがある。子育てが終わった後の「第二の人生」もある。妻は自分の自由になる自分名義の金融資産を、できれば持っていたい。また実際、専業主婦の四三%が「私名義の預金がある」と答えている（「日経」10月22日）。ついでながら言う。鳩山家のことは、ここではしばらく考えない。

ただし、この「夫に内緒の資産」は、ささやかな金額である。回答した全員のうち「百万円未満」が一五%、「百万～五百万円」が二二%、「五百万円以上」はわずか六%である。離婚すれば、これにプラスして年金分割がある。最後の拠《よ》りどころになるおカネである。それだけのおカネを、どうやって貯めるか？　現代の妻の多くには、結婚前にOL体験がある。親に食べさせてもらいながら働き、その間にコツコツ貯めたお給料を、自分名義で預けておく。

この基本的な「私有財産」は、ちゃんと預金通帳を残し、結婚後とは別の口座にしておくこと。離婚したとき、夫婦は原則として金融資産を折半するが、それはあくまでも「結婚後に夫婦で築いた金融資産」のことである。あなたは夫の結婚前の資産に手を出せないが、夫もあなたの口座には触れられない。結婚前の「私のもの」は、いつまでも「私のもの」である。しっかり守ること。

結婚後のへそくりの仕方は、普通の蓄財法とそんなに違わない。人生あまり野放図に生きず、諦めるところは諦める。ボーナスなどで余裕があるときは預金を忘れず、ついでに「私もボーナスを貰うわね」と断って、夫の給料から頂戴する。むろん妻名義の口座にしておく。

世にある夫の中でサイテーは「俺が食わせてやっている」「誰のおかげで食ってきたんだ」と言う男である。次が、妻のへそくりに手出しする男。女には女の出費があるのよと納得させ、亭主を「正しい方向」に導くのは、専業主婦の最大の職業的楽しみである。事実、へそくりがなかったらどうなっていただろう、という突然の危機が、人生には起き得る。

貯めたへそくりの運用は、慎重の上にも慎重に。預貯金、カタい株の現物などに止め、ヘンな欲を出さないこと。遊んでいるカネがあれば吸い取ってやろうと狙う悪いヤツは、無数にいる。

口座の名義や銀行との取引履歴を私が繰り返し書くのは、近頃の銀行窓口の態度とも関係がある。妻が夫の預金通帳と印鑑を持って窓口に行き第三者への振り込みをしようとしたら「委任状を持ってきなさい」と追い返されたと聞くからである。それほど他人の銀行預金を狙う犯罪が増えたのだろう。

私の世代は、牧歌的なものだった。結婚前の女は、たいていカジテツつまり「家事手伝い」だったから、収入はない。娶《めと》る夫の方も、やっと就職はしたが、蓄えなど一銭もない。月給を貰ったら、袋の中身を使い切る。次の月給日にはスッカラカンだった。預金したくても、銀行に入っていく勇気がなかった。

夫が稼いだ給料は全額「夫婦のもの」だった。夫は会社から給料を、妻からは小遣いを貰い、それで遣り繰りした。

私の妻は貯めたカネを私の名義で預金した。ATMなんてなかったから、銀行での出し入れは、すべて窓口でする。窓口嬢が「徳岡孝夫さん」と呼ぶと、妻は「ハイ」と答えて立ち、カネを受け取った。彼女は明らかに男ではない。なのに銀行は平気だし、妻の方も平気だった。

（08・1）

「鉄の女宰相」も認知症

秋の夕日は釣瓶《つるべ》落としというが、人の晩年はもっと粘り強いものだと思っていた。英国の元首相マーガレット・サッチャーさん（83歳）が認知症で、娘キャロルさん（55歳）によると首相在位中の出来事もハッキリ覚えていず、自分が指揮してアルゼンチンと戦ったフォークランド戦争と最近のボスニア紛争を混同することもあるという。

我が町でバスに乗ると、老人福祉施設のあるバス停で大勢のお婆さんが乗ってくる。若者を片端から立たせ、座席を占領する。お喋りを聞いていると元気ハツラツ。それが明らかに八十を超えている。政治などという複雑な仕事、したことのない方々ばかりだ。サッチャーさんの運命と思い比べ、世の中と人生はままにならぬものだと溜め息が出る。

私が初めてサッチャーの名を見たのは昭和五十（一九七五）年頃だった。これ以上新聞社にいたら管理職にされてしまうと思い、志願して「英文毎日」に移り、英語で原稿を書くことにした。英語に慣れるために、まず校閲係から始める。校閲係の同僚の顔触れはアメリカ人、イギリス人、スリランカ人、中国人など。日本人の校閲係は私と女性の二人だけだった。

ロンドンから届いたロイター電の小さい記事を手に取ると、英国保守党の党首にM・サッチャーという女性が選ばれそうだと書いてある。ごく小さく、短い記事だった。当時の保守党は野党だった。私は隣のイギリス人の肘を突いて「おい、女が大英帝国の首相になるかも知れんぞ」と言った。同僚は手渡された記事を読み、世にも情けなさそうな顔で「そんな日が来たら、ぼくは日本に亡命するよ」と、悲鳴を上げた。

女は弱いもの、まして政治のことなど口出ししてはならないもの、子を産む機械だというヴィクトリア朝いらいの「常識」が、当時はまだ英国で健在だったのだ。

ところが保守党は次の総選挙で勝ち、サッチャーは英国史上初の女性首相になった。彼女が次々に打ち出す改革は、老いた英国に活気を与えた。世界中に植民地を持っていた「前科」を恥じる自虐的な気持ちを、サッチャーは英国人の心から吹き払った。

一九八二年、アルゼンチンが南大西洋の英国領フォークランド島を占領したことから起こった二カ月の戦争を、サッチャーが断固として戦って勝つに及んで、私の同僚の態度は一変した。女性の宰相を恥じるどころか、チャーチルにも負けない英雄だと誇るようになった。

ウィンストン・チャーチル（一八七四～一九六五年）は、第二次世界大戦で最初優勢だったヒトラーのドイツと敢然として戦い、苦しい戦闘のすえに最後の勝利を勝ち取った二十世紀の巨人である。サッチャーはそのチャーチルを超え、十一年間も首相を務めた。その間ずっとテレビのニュースが「プライムミニスター・サッチャー」と言い続けたので、英国にはプライムミニスター（首相）はエリザベスやマーガレットのように女の名前の一つだと勘違いした子供が大勢いたという。

そういう偉業の主でも、トシには勝てないのである。フォークランド戦争すら記憶がアヤフヤなそうだ。記憶がなくなれば、戦争も首相の栄職も存在しなかったのと同じである。誇るべき過去を忘れ、最後には自分が誰であるかすら忘れ、サッチャーさんは風の音と鳥の囀《さえず》りを無心に聞きながら残る命を生きるのだろうか。気の毒なことだ。

（08・12）

打ち明けた秘密

ドリームジャンボで二億円当てた女性が、殺され埋められていた岩手県の事件。その記事を新聞で見て、ヘンな話だが私は夫婦というものの不思議さを考えた。新聞報道を読んだだけで得た単純な感想だが、まあ書いてみることにする。

殺された吉田寿子さん（42歳）には、結婚して二児を産んだ過去があった。離婚した原因が妻と夫のどちらにあったか不明だが、とにかく彼女は田舎町の高台にある築四十年の借家に、二匹の猫と暮らしていた。大手電器メーカーの関連会社に、軽自動車で毎日出勤していた。

四年前の六月、二億円が当たった。人間一人の人生航路を変える大金だが、会社の人には何も告げず、翌年二月の早期退職まで、地味に働いた。

だが人生の悲しいこと嬉しいことは、悲しさ嬉しさを共有してくれる人、せめて打ち明ければ聴いてくれる人がいて、初めて悲しみにも喜びにもなる。誰にも何も言わなければ、宝くじに当たっていないも同じである。吉田さんは、それを熊谷甚一（51歳）に打ち明けた。

お互いすべてを打ち明けて喜怒哀楽を共にするには、一夫一婦は理想的な組み合わせである。まず夫婦は男と女という相互補完の関係にあり、神に貰った生殖本能により二人で恥ずかしい行為をして、それにはいささかの快楽が伴う。その行為から子が生まれるから、子の養育を分担することによっても夫婦の絆《きずな》は強く固くなる。

夫婦は、自分たちの性生活のことを他人に向かって、あからさまに喋らない。自分たちの資産内容も、洗いざらい喋ったりしない。たとえ愛情はなくても相手への愛着が生じ、それが接着剤のように夫婦をくっつける。夫と妻は四本の足で世の中に立ち、それは一人が二本足で立つより安心感がある。

吉田さんが「二億円」の僥倖《ぎょうこう》を打ち明けたのは、熊谷とキレイな交際をしていたときか、それとも一つ枕に寝ていたときか？　分からないが、とにかく熊谷は吉田さんの夫ではなかった。家に妻と子がいるヨソの男だし、しかも家庭の外にも別の女がいた。吉田さんは彼との結婚を望んでいたようだが、男はあくまでも他人である。秘密の共有者として、まだ不適格だった。

まだ不適格というより、最も不適格な人であった。夫婦は、財布の中を外部の誰にも話さない。フランスの小噺に「財布の中身と女房のことは他人に話さない方がいい」というのがある。なぜなら「話せば、ときどき借りられる」という。

夫婦は毎日の食事を一緒にとる。日々の寒暖に応じて着る物を変え、そのときに会話がある。よほどの変わり者でもない限り、財布を一つにする。吉田さんがまず熊谷と夫婦になって、それから「二億円」を打ち明けていたら、熊谷はそのカネを遊んで使ったかもしれないが、妻である吉田さんを殺しはしなかっただろう。失礼な推理だが、彼女は二億円を餌にして、熊谷という夫を釣り上げようとしたのではあるまいか。

誰でも事件を聞いて、まず「カネの怖さ」を思っただろう。だが熊谷は、吉田さんを殺し埋めておいて、吉田さんの口座の残金を使い尽くしたわけではない。彼が何千万円か借金返済にあてた残りは、口座に残っていた。私はむしろ、秘密を共有する「連れ合い」がいなかった吉田さんの哀れさを感じる。

秘密を上手に包み込む夫婦というものの不思議な効用の方を、私は考えずにいられない。頼りにならない夫も、世の中には多い。だが、いてくれれば、それなりの役に立つのである。

（09・2）

森繁さんからの遺言

去年の六月のことだった。私は悪性リンパ腫という病名で長期入院していた。いくら点滴しても治るかどうか。ガン性だから、どうせ綺麗さっぱりとは治るまい。最初の三カ月ほどは、おむつを当てて寝たきりで過ごした。

そういう病人のところへ馴染みの編集者が来て、言った。

「あなたがウチの雑誌に三十年のあいだ連載してきたコラムを、このたび集めて一冊の本にすることになった。作業はすべてこっちでやるから心配ない。ただ、あとがきは自分で書いて下さい」

私は考えた。長年の愛読者に別れるのか。しかし、こっちもこの世に別れそうな病状である。別離の文を書いて、あとがきにしよう。だが書く気力と体力がない。誰かの詩を引用して読者との別れにしよう。誰の詩がいいか？　そうだ、大《おお》木《き》惇《あつ》夫《お》の詩がいい。

そういうわけで、私は大木惇夫の「戦友別盃《べっぱい》の歌」を全文引用して、あとがきに代えた。

「言ふなかれ、君よ、わかれを／世の常を、また生き死にを」で始まる、少し長い詩である。

南シナ海を、日本軍を積んでオランダ領東インド（今のインドネシア）に向かう輸送船の甲板で、二人の戦友が盃を交わしながら別れを惜しんでいる。「あすは敵前上陸だ。俺はバタビア（今のジャカルタ）を攻める。お前はバンドンを戦い取れ。命あれば再び会って、南十字星を仰ぎながら再び飲もう」という詩である。

あの戦争は日本の侵略だったように言われているが、日本が起《た》って力で白人を追い出さねば、アジアは今日も白人の植民地だっただろう。大東亜戦争を肯定しないまでも、歴史を受け入れる柔らかい心さえあれば、日本の行為は是認されるのだ。私はそう思いながら詩を引いて読者と別れた。

退院後も抗ガン剤の点滴を受けに通院して三カ月、主治医は「あなたの腫瘍は一つもなくなりました。この写真を持ち帰って、御家族に見せてください」と、二枚のエックス線写真を渡した。私のガンは完全に治っていた。

私が満面の笑みをたたえて家族に朗報を伝えた翌朝、新聞に森繁久彌氏の訃が出た。

九十六歳。老衰のため病院で、とあった。

私の出た旧制・大阪府立北野中学（今は高校）の先輩である。私はひそかに彼のことを「日本のチャプリンだ」と思ってきた。

大衆演劇の分野で初めて文化勲章を貰ったことなど、森繁氏の生涯の功績は詳しく新聞に出ている。映画の名作「夫婦善哉」ほか、ミュージカル、テレビでの活躍も、共演者の談話を添えて出ている。しかし何よりも、私は彼が戦後日本人の哀歓を巧みに演じた点に拍手を送りたいと思う。チャプリンも、現代西洋人の哀歓を演じ、その背後に鋭い批判を込めていた。森繁氏の「知床旅情」が大ヒットしたときも、当時のソ連に「北方領土の奪還を狙う日本の陰謀だ」との声が上がった。

去った人のことを思いながら、私はＣＤの「森繁久彌愛唱詩集」をかけた。驚くべし、そこに私は自分の本のあとがきに引いた「戦友別盃の歌」の朗読が入っているのを発見した。

「見よ、空と水うつところ／黙々と雲は行き雲はゆけるを」と終わる。

私に宛てた彼の遺言と思えてならなかった。

（10・2）

あとがき

私は、この本の校正刷りを読んでいた。校正係がすでに誤字や脱字を直してくれたが、改めて読むと、なお改稿したい箇所がある。一冊の本の責任を負う者は、しっかり読む必要がある。

視力の弱い私のため、編集者は全文を思い切り大きい活字にし、読み易くしてくれている。だが何時間も読んでいると、目が霞み神経が疲れる。私は赤鉛筆を放り出し、「今日はこれまで」と呟いて一日の仕事にピリオドを打った。二〇一〇年三月十一日の午後十一時過ぎだったと思う。

熱くなった頭を冷やそうと思い、私は小型ラジオのスイッチを入れた。ラジオ深夜便が始まっている。福島県に住む女性が出て、地方の話題を語り始めたところである。聞くともなしに聞いた。

語り手の声に聞き覚えがある。登場して「お晩です」と挨拶するが、ヘンに田舎者ぶらない、いつも標準語で静かにゆっくり語る中年婦人（の声）である。「きょう会津若松（だと思う）の高校で卒業式があったんですけれどね」と、彼女は語り出した。

その高校の卒業式は、何の問題もなく終わり、卒業生に講堂から退場の命令が出た。

「三年一組」と、司会の教師が明らかな声で言った。

次の瞬間、三年一組の中から男の子が一人、立ち上がって朗々と叫んだ。

「××先生、ありがとう」

力を込め、大声で叫んだ。続いてクラス全員が一斉に起立し、声をそろえて「××先生、ありがとう」と叫んだ。

誰も予期しなかったらしい。講堂はシーンとなった。その中で教師の声がした。

「三年二組!」

二組も男の子が立ち「××先生、ありがとう」と担任教師の名を叫び、クラス全員が唱和した。こうして三年生は母校を卒業していった。式が終わる頃には、送った者も送られた者も、滂沱《ぼうだ》の涙だったと、語り手は語り終えた。

ラジオで聞く私も意外な話に気を取られ、会津若松だったかどうか自信がない。だが聞きながら『佳人之奇遇』を書いた東海散士、『小公子』を訳した若松賤子を出した町だ、さもあらんと思い、夜の書斎でひとり熱いものが内側から胸を押し上げてくるのを感じていた。

欠点多い人間だが、私の最大の欠点は涙もろいことである。美しく清らかな話を、ラジオで聴いただけで胸が迫るのである。

知り合いの婦人は「それはお祖母ちゃん育ちだからですよ」と言う。そうかも知れない。寒い冬の日の登校前、祖母は私の制服の上着の下に真綿を入れてくれた。彼女の荒れた両手に真綿が引っかかり、外すのが大変だった。七つのとき母に死に別れた私は、祖母と父に甘やかされて育った。自己の信念を背負って敵と闘う、あくまで自己を通そうという根性がない。職業の面でも、喧嘩を売られると私は折れた。

争いに巻き込まれそうになると、私はすぐ負けるのが自分の運命だと観じ、折れた。闘うタイプの人が見れば敗北主義だろう。だが私は「運命の素直な子」でありたいと念じ、今日まで頭を下げて運命を受け入れてきた。この本に収めた諸短篇は、そういう弱々しい個性の者が、長年の間に見聞したことの報告である。

清流出版の加登屋陽一氏と私は、いま思えば運命に似た出会いをした。本書の編集者、照井康夫氏、松原淑子さん、校正者の横沢量子さんとも、二十数年前の加登屋さんとの出会いに発する縁である。運命によって結ばれた人々の手に、私はこの本を託した、読者との運命的な逢う瀬を期しながら。

平成二十二年　開花の頃

徳岡　孝夫

◆初出誌一覧

お礼まいり

ヴィシーの冷湯――『四季の味』一九九二年秋
美食家の百歳――『四季の味』一九九三年夏
山本夏彦さんを送る
　弔辞――二〇〇二年十一月二十八日朗読
『完本　文語文』熟読――『文藝春秋』二〇〇三年三月号
懐かしき哉「愚者の楽園」――『Voice』二〇〇七年十二月号
人命尊重大国が撃たれた日――『諸君！』一九九三年七月号
曾根崎署の幻――『文藝春秋』二〇〇五年八月号
昭和二十二年、大阪駅前――『文藝春秋』二〇一〇年一月号
菩提寺と「白雪姫」――『寺門興隆』二〇〇五年三月
　徳融寺物語　中将姫を想像する――徳融寺寄稿
独眼の白内障手術――『文藝春秋』二〇〇四年十一月号
御先祖様になる話――『en-taxi』二〇〇四年六月
人生アテスタントの必要――『PHPほんとうの時代』二〇〇八年二月号
御礼参り――『清流』二〇〇九年十一月号

昔の音や人の声

故郷に置いてやりたや――『文藝春秋臨時増刊』二〇〇一年九月
ある「引き継ぎ儀礼」の記憶――『文藝春秋臨時増刊』二〇〇二年四月
ヨブ記と中野さんの「風」――『ひろば』二〇〇三年三月
崩御の日「あの夏の日」の記憶――『文藝春秋臨時増刊』二〇〇五年八月
染め変えられる過去――『週刊新潮』二〇〇五年八月十一・十八日
いまだ「山の音」を聞かず――『文藝春秋臨時増刊』二〇〇五年十一月

「別れ」が消えた――『文藝春秋』二〇〇六年九月号
可笑しいほどブルブル震えた――『文藝春秋臨時増刊』二〇〇七年二月
心が歌に「三月堂の声明」――『文藝春秋臨時増刊』二〇〇七年七月
過去へ向かう旅――『PHPほんとうの時代』二〇〇七年八月号
二つの絶対の海景――『文藝春秋SPECIAL』二〇〇八年七月
「あなたは誰?」と恋人の問う――『文藝春秋SPECIAL』二〇〇九年一月
森鷗外の『妄想』――『諸君!』二〇〇九年二月号

時の流れの中で――『清流』一九九八年五月号から二〇一〇年二月号までの連載「ニュースを聞いて立ち止まり…」より抜粋。掲載号は各文末に記した

JASRAC 出1007318-001

著者略歴

徳岡孝夫（とくおか・たかお）

昭和5年、大阪府生まれ。京都大学文学部英文科卒業。フルブライト留学生として米シラキュース大学新聞学部大学院修学。毎日新聞社会部、『サンデー毎日』、『英文毎日』の各記者、編集次長、編集委員を歴任。ニューヨーク・タイムズのコラムニストも務めた。同61年、第34回菊池寛賞受賞、平成3年、『横浜・山手の出来事』で第44回日本推理作家協会賞受賞、同9年、『五衰の人――三島由紀夫私記』で第10回新潮学芸賞受賞。主な著書に『悼友紀行』、『舌づくし』、『覚悟すること』、『ニュース一人旅』他多数。主な訳書に『アイアコッカ――わが闘魂の経営』、『指導者とは』等がある。

お礼まいり

二〇一〇年七月十四日［初版第一刷発行］
二〇一一年一月十五日［初版第二刷発行］

著　者――徳岡孝夫

発行者――加登屋陽一

発行所――清流出版株式会社
東京都千代田区神田神保町三－七－一〒一〇一－〇〇五一
電話〇三（三二八八）五四〇五
振替〇〇一三〇－〇－七七〇五〇〇
〈編集担当〉松原淑子

印刷・製本――シナノ　パブリッシング　プレス
乱丁・落丁本はお取り替えいたします。
ISBN978-4-86029-331-4
http://www.seiryupub.co.jp/